D1244954

MÁSCARA
vs
MÁSCARA

El Enmascarado de Terciopelo 3
Máscara contra máscara

Primera edición: marzo, 2019

D. R. © 2018, Diego Mejía Eguiluz

D. R. © 2019, derechos de edición mundiales en lengua castellana:
Penguin Random House Grupo Editorial, S. A. de C. V.
Blvd. Miguel de Cervantes Saavedra núm. 301, 1er piso,
colonia Granada, delegación Miguel Hidalgo, C. P. 11520,
Ciudad de México

www.megustaleer.mx

D. R. © 2019, Ed Vill, por las ilustraciones de interiores y cubierta

ISBN: 978-607-317-624-8

Impreso en México – *Printed in Mexico*

El papel utilizado para la impresión de este libro ha sido fabricado a partir de madera procedente
de bosques y plantaciones gestionadas con los más altos estándares ambientales, garantizando
una explotación de los recursos sostenible con el medio ambiente y beneficiosa para las personas.

Penguin
Random House
Grupo Editorial

MÁSCARA VS MÁSCARA

EL ENMASCARADO DE TERCIOPELO

DIEGO MEJÍA EGUILUZ

Ilustrado por **Ed Vill**

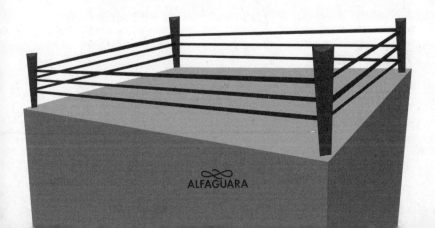

ALFAGUARA

PRIMERA INTRODUCCIÓN

—¡Esto es increíble, señoras y señores! ¡En todos mis años de cronista de lucha libre, nunca había visto algo así! ¡Vaya manera de terminar este encuentro de máscara contra máscara! Nadie creía que Golden Fire y el Conde Alexander estuvieran listos para encabezar la función de aniversario de la Arena Catedral, pero la Empresa Internacional de Lucha Libre confió en estos novatos y ellos dieron un gran combate.

—Estoy de acuerdo con usted, señor Alvin. Pero ese final fue insólito. Mire nada más a los aficionados, no lo pueden creer. Hasta están pidiendo que indulten al derrotado.

—Y no los culpo, pero la decisión del réferi ya está tomada, mi querido señor Landrú. Nunca pensé que vería o que transmitiríamos algo así en *Gladiatores Radio y Video*.

—Así es. Ni más ni menos, la lucha en que cae la máscara de...

* ✦ *

Oiga, señorita editora, ¿en serio quiere empezar así el nuevo libro? ¿De una vez le decimos a la gente quién perdió la máscara? ¿No preferiría que comenzáramos…, no sé, de una manera menos dramática?

¿Ah, sí? ¿Usted va a escribir la introducción? Por favor, señorita editora, será un honor que su pluma prologue mis andanzas.

SEGUNDA INTRODUCCIÓN
(POR LA POBRE SEÑORITA EDITORA)

¿**P**or qué, Dios mío, por qué? Si siempre hice mis tareas y aprobé todas mis materias. Yo sí trabajaba y no me dedicaba a perder el tiempo cuando hice el servicio social. ¿Por qué los dioses de las letras y las imprentas me castigan así? Yo siempre quise publicar antologías de poesía, de teatro, y a los grandes clásicos en ediciones de bajo costo, pero de gran calidad. ¿Por qué me torturan con este encapuchado?

¡Soy inocente! ¡Piedad, por favor! ¡Soy inocente!

Muy graciosa, señorita editora.

Permítame usted, si no es mucha molestia, tomar el control de este archivo y regresar al principio de los tiempos. O no tan atrás. ¿Qué tal al punto donde se quedó el libro anterior? No se preocupe, no voy a hacer copy paste del último capítulo. Ni que fuera un escritor flojo. Usted confíe en mí y déjeme narrar como se debe esta nueva historia… ¿Señorita editora? ¿Señorita editora? ¿Por qué siempre se tira al piso para tomar una siesta cuando le digo que voy a escribir?

En fin, en lo que despierta, aquí les voy.

TERCERA INTRODUCCIÓN
(QUE NO TIENE NADA QUE VER CON LAS PRIMERAS DOS)

—¿En serio, papá? ¿No podía enterarme por ti de que vas a entrenar a Golden Fire?

—Quise decírtelo, pero nunca pudimos ir a desayunar.

—¿Me lo ibas a contar en el mercado, entre sopes, pambazos y refrescos?

—No. En el puesto de ensaladas, tienes que cuidar tu dieta.

—¿Entonces ni una birria me ibas a invitar? Creo que Tetsuya no la ha probado.

—¿De verdad quieres hablar de qué le falta comer a Tetsuya?

—No quiero hablar, estoy muy enojado. Me traicionaste. Le vas a revelar a Golden Fire mis puntos débiles.

—Deja de hacer dramas. La empresa me contrató para entrenar a sus luchadores. Si quisieras, podrías unirte al grupo.

—¿Y compartirte con ese tramposo? ¡Jamás! Mi honra está en juego, y de aquí no me muevo.

—Hijo, se acaba de poner el semáforo en verde.

Arranqué el auto, pero no le dirigí la palabra a mi padre el resto de la tarde. Prendí el radio para no tener que lidiar con un silencio incómodo. No fue la mejor de las ideas, justo era la hora del programa de deportes.

—Y en el mundo de la lucha libre, la gente está más que interesada en el duelo de máscara contra máscara entre el Enmascarado de Terciopelo, el rudísimo Conde Alexander, y el espectacular Golden Fire. La empresa ha sido muy clara al decir que aún no hay fecha para esta lucha. Y es de entenderse, amigos aficionados, no quieren quemar a estos dos jóvenes tan pronto. El pique da para más, y si ambos gladiadores son listos, aprovecharán las semanas previas al duelo para prepararse a conciencia. Si no me creen, ahí está el ejemplo de Golden Fire, que acaba de anunciar que se integra al grupo de entrenamiento de quien fuera uno de los grandes rudos de antaño: el Exterminador.

Oiga, señorita editora, ya no me gustó esta introducción. ¿Me deja escribir otra? ¿Señorita editora? Sigue dormida en el suelo de su oficina. Mejor me voy directo al primer capítulo.

1

✹ TOMO LAS COSAS CON MADUREZ Y ELEGANCIA ✹

—A ver, Vladimir, pásame el bote.

—¿En serio quieres hacer esto?

—¡Shhhh! No hables tan fuerte, te van a oír.

—Esa es la idea, que me escuches. No sé murmurar.

—¡Shhh! ¿Y si viene alguien?

—¿No exageras un poco? Aquí no hay nadie.

—Pero el dúo nefasto puede llegar en cualquier momento. Nos van a cachar.

—Estamos en tu recámara, y a menos que hables así de tus papás, puedo asegurarte que Golden Fire y Karla no van a aparecer por aquí.

—Quién sabe. Esos dos ya se interpusieron entre mi padre y yo. No me extrañaría que quisieran meterse en mi casa.

—¿No estarás leyendo una antología de telenovelas del siglo XX? De veras que eres melodramático.

—Bueno, ¿me vas a pasar el bote o no?

—No te lo voy a pasar.

—¿Tú también te vas a poner en mi contra?

—No te lo voy a pasar porque no sé cuál bote quieres. Tienes más de cinco en la repisa.

—Olvídalo. Todo lo tengo que hacer yo.

—De haber sabido que para esto querías las llaves de los casilleros del gimnasio, no te las habría prestado. Mi tío Galáctico se va a enojar mucho.

—¿Tú le vas a decir que hicimos esto?

—Obvio no.

—¿Entonces de qué te preocupas?

—Sólo digo que, si se entera, se va a enojar mucho… Pero como no se va a enterar, hay que hacer esto rápido. Yo te detengo la máscara y los pants.

—¡Ese es mi petit…!

—¡¿Tu qué?!

—Mi amigo y entrenador, quise decir.

Y me apresuré a esparcir los polvos pica-pica en la máscara y los pants de…, adivinaron, Golden Fire. Al día siguiente fui muy temprano al gimnasio del Caballero Galáctico, me escabullí en los vestidores y regresé las prendas al casillero del saltarín de fuego. Moría de ganas de verlo en acción con ellas, pero las cosas no salieron como yo esperaba, sino mejor… y peor.

—Chapulín, ¿ya te vas? ¿Hola y adiós? ¿Y tus modales?

—Por si no lo sabes, hoy tengo clase en la Arena Catedral con el famoso Exterminador, y a tu papi no le gusta la gente impuntual. Sólo vine por mi maleta.

Y la lagartija la abrió delante de mí.

—Sí, todo está aquí: máscara limpia para mí y pants nuevos para mi profesor. Es de muy buena educación llegar con un regalo para el maestro el primer día de clases. Nos vemos, lagrimita maravilla. No me extrañes.

"Esto no pinta bien. Aborta el plan, aborta el plan."

—¿No prefieres entrenar aquí? El ring está limpio. Seguro que de la última vez que la adorable Karla lo trapeó contigo.

—¿Y que te enteres de cómo te voy a dejar sin máscara? Prefiero que sea sorpresa. *Ciao*… Eso fue "adiós" en alemán. Tu papá me enseñó la palabra.

"Olvídalo, se lo merecen. Continúa con el plan."

Mi odioso rival salió del gimnasio. Lo que hubiera dado por ver su reacción al ponerse la máscara con polvos pica-pica; tuve que conformarme con el relato de mi padre durante la cena:

—Ya le prohibí que vaya enmascarado a las clases. Se pasó toda la tarde rascándose y no pudo hacer nada… —volteó a verme—. Tú no habrás tenido que ver en eso, ¿verdad?

—No sé de qué hablas, papá. Desde que entrenas frijoles saltarines, nunca estás en casa.

—No tengo ganas de discutir, y tampoco voy a permitir que me hables así.

No sé si mi mamá lo hizo para salvarme, o su curiosidad era genuina, pero en ese momento intervino, y en cuanto abrió la boca y señaló el bulto en el sillón, desencadenó una catástrofe:

—¿Y esos pants, mi amor?

—Son un regalo de mi nuevo alumno. Están bonitos, ¿no crees? A ver qué tal me quedan.

Se los probó ahí mismo, y en menos de un minuto ya se los había quitado y no dejaba de rascarse. Fue tal su coraje que convocó a una sesión urgente de películas para que se le bajara el malhumor. Aunque puso una de las más tristes, yo no podía dejar de pensar en la lagartija rascándose la cara toda la tarde; de seguro le salieron varias pecas extra. Y no voy a negarlo, tampoco me quitaba de la cabeza el baileoteo de mi padre tratando de apaciguar la comezón. En más de una ocasión solté tremendas carcajadas.

—Al menos ya no chilla tanto en las películas —fue lo único que atinó a decir el tierno Exterminador.

Al día siguiente, el Caballero Galáctico me recibió muy serio.

—Muchacho, no te confíes porque aún no llega el momento. El tiempo vuela y debes estar preparado para todo.

—Lo sé, profesor. Tenemos que planear muy bien los entrenamientos. Debo conservar la máscara a como dé lugar.

—¿Quién está hablando de la máscara? Tienes que hacerte tus análisis. Mira nomás los precios de este laboratorio, son una verdadera ganga.

—¡Ay, tío! No es hora de pensar en la salud —Vladimir no pudo quedarse callado.

—Siempre es momento para pensar en ella, sobrino. Además, si nuestro alumno no tiene sus análisis actualizados, la comisión podría impedirle subir al ring el día del gran combate, y por reglamento perdería la máscara sin poder luchar por ella.

Nada más de pensar en eso, hasta se me quitó el miedo a las inyecciones. Claro que me regresó al día siguiente cuando la enfermera sacó una jeringa enorme y todavía tuvo el descaro de decir: "No te va a doler".

Afortunadamente los resultados fueron inmejorables. Me encontraba en perfecto estado de salud y eso me permitía entrenar al mil por ciento (así, sin exagerar) para defender mi incógnita.

2

✦ NO HAY MARCHA ATRÁS ✦

—Ahora firmen aquí.

El promotor extendió el contrato sobre el escritorio. Por un momento, los flashes de las cámaras me deslumbraron. La sala de conferencias estaba llena. Debía de haber, por lo menos, el doble de periodistas que cuando anunciaron mi incorporación a la empresa. Golden Fire me acercó el contrato cínicamente.

—Por favor, tú primero, no quiero que te vayas a sentir.

Se escucharon algunas risas de los reporteros. Yo apreté dientes y puños, la verdad me costó mucho no caer en la provocación. Tomé la pluma y firmé el documento, luego se lo devolví a mi rival, sin decirle nada. No me rebajaría a su nivel. La bacteria con patas todavía se atrevió a hacerla de emoción. Fingió leer el contrato entero, hasta que se dignó a estampar su rúbrica (no es por nada, la mía está más bonita).

—Aquí lo tienen, señores reporteros, no hay marcha atrás. Golden Fire y el Conde Alexander firmaron el contrato que los obliga a apostar las máscaras antes de que acabe el año.

Más flashes.

—Comenzamos ahora la ronda de preguntas y respuestas.

"¿Cómo? ¿Todavía me tengo que quedar un rato? ¡Me esperan en la escuela para el recital de poesía!"

—Golden Fire, ¿esto era lo que buscabas desde el principio?, ¿el duelo por las máscaras?

—Este aterciopelado y yo tenemos mucho tiempo de rivalidad. Desde nuestra etapa en los independientes ha intentado humillarme, pero eso se le acabó. Sí, desde hace mucho quiero su máscara, y no dudo que la tendré en mi vitrina antes de que termine el año.

—Conde Alexander, buenos días. ¿Cómo será tu preparación para esta batalla?

—No puedo contestar esto delante del ch..., de Golden Fire. No le voy a revelar mi estrategia así de fácil. Sólo diré que la condición física será fundamental, así como todo lo que entrene con mis maestros.

—¿Tienes más de uno?

—Ustedes saben que aquí soy alumno del Cordobés, pero no es el único encargado de pulirme. También están el Caballero Galáctico y Mara...

Golden me arrebató el micrófono.

—No me gusta admitirlo, pero el terciopelito este tiene razón. Los luchadores tenemos muchos maestros. Yo, por ejemplo, ahora pertenezco al grupo de entrenamiento del Exterminador. No sé, Conde mío, si lo conozcas. Te doy una pista: fue uno de los grandes rudos hace algunos años, aquí, en esta empresa de tanta tradición.

"No caigas en provocaciones…"

Golden siguió hablando:

—El Exterminador es tan exigente que te sacaría lágrimas con sus entrenamientos… Claro que hacerte llorar no tiene mérito, condecito bonito.

"Cae en la provocación, rómpele la cara…"

En vez de eso, sólo respondí:

—Te sorprendería cuánto sé del Exterminador y de tus otros maestros. Parece que te gusta rodearte de gente muy tierna…

—Conde —otro reportero tomó el micrófono—. La semana pasada le ganaste el campeonato nacional wélter

a Golden Fire sin usar una sola rudeza. Sin embargo, en la lucha de máscaras sí puedes utilizar tus recursos rudos. ¿Crees que eso te dé ventaja?

—Usted mismo acaba de contestar. Si luchando limpio le arrebaté el cinturón, imaginen cómo lo voy a dejar cuando emplee todos mis trucos: con la cara al aire.

—¿No te da miedo que Golden Fire te sorprenda el día de la contienda? —volvió a preguntar el reportero—. Nos engañó a todos al esconderse tras la personalidad del Silencioso.

—En eso tiene razón —contesté—. Golden Fire me sorprendió; si es listo, ya sabrá mucho más de mí. Pero eso no quiere decir que sea mejor que yo. Acuérdense de que me dejó ver su lado rudo, y yo sí tomé nota de sus nuevas fortalezas.

—Eso es lo que crees, Conde finolis. Yo siempre he sido y seré tu peor pesadilla.

—Pero por lo feo que estás —reviré de inmediato—. Pobres de tus seguidores, se van a decepcionar ahora que te arrebate la máscara.

Flashes. Risas. Golden me lanzó una de sus miradas matadoras.

—Tiempo para una última pregunta —el mandamás de la empresa intervino muy a tiempo.

—Para la empresa. ¿Por qué no poner de una vez fecha al encuentro?

—Porque estos jóvenes tienen que hacer méritos. A la gente le gusta su pique, pero aún son novatos y deben demostrar que merecen encabezar una función grande.

—¿Entonces la lucha podría incluirse entre los festejos de aniversario de la arena?

—Todo puede ocurrir. Depende de ellos.

Y terminó la conferencia. Todavía posamos para algunas fotografías y di entrevistas. Para cuando pude zafarme, tenía el tiempo muy justo. Apenas llegaría al recital. (¿A poco pensaron que me lo perdería?) Salí corriendo de la arena y tomé un taxi. Al darse cuenta de mi prisa, el chofer tomó varios atajos, y en cada alto que nos tocaba volteaba a verme, para tranquilizarme con su sonrisa. (Eso no es lo más usual en los taxistas, pero agradecí su amabilidad.) Ni siquiera quiso cobrarme cuando llegamos a la escuela, pero yo no soy ningún aprovechado y le insistí hasta que me aceptó el dinero.

Desde la calle se oía la voz de mi tía al micrófono, dando la bienvenida. ¡Justo a tiempo! El conserje me dejó pasar hasta el auditorio; se veía muy sorprendido, pero no dijo nada. Afortunadamente encontré un asiento libre. Salieron los niños y se colocaron en sus posiciones. Voltearon hacia el público y sonrieron. Hasta empezaron a hacer señas para saludarme. ¡No podía creerlo! ¡Me extrañaban! (Y hay quienes dicen que esta juventud no tiene remedio.) Les devolví el saludo, discreto. Los padres de familia voltearon hacia donde estaba y, con gesto muy sorprendido, debo decir, me pidieron que me callara. Yo también les hice señas para que guardaran silencio. Mi tía, ignorante de todo, dio la tercera llamada y empezó la función.

¡Sublime! ¡Maravilloso! ¡Excelso! ¡Guacamoloso! Dos horas y media de la más hermosa poesía, acompañada de manera excepcional por la música del arpa. Y los muchachos. ¡Ay, mis muchachos! Qué hermosas declamaciones. Ni siquiera me importó que no hubieran hecho caso de ninguno de mis tips de expresión corporal, ni los ronquidos de un señor a mi lado. Cuando acabó la función, me acerqué a saludarlos.

—¡Vino a vernos! —exclamaron varios de ellos.

—No me lo hubiera perdido por nada del mundo. Vi tantos ensayos que no me perdonaría haber faltado.

—¿La maestra le enseñó los videos? Ella nunca nos dijo que usted vendría. Qué calladita tuvo la sorpresa.

"¿Sorpresa?"

En eso apareció mi tía.

—Conde Alexander, qué honor que haya cancelado sus luchas para acompañar a mis alumnos.

Instintivamente me llevé las manos a la cara. Terciopelo puro. ¡Había olvidado quitarme la máscara! Al menos iba vestido de manera apropiada. Detrás de mí, alguien tosió: la arpista.

—Buenas noches, don Golden.

—Es el Conde, señorita —se apresuraron a corregirla los niños.

"¡¿Golden?! ¿Es que a esta mujer no le importan las cosas buenas que tiene la vida? ¿Golden, yo?"

—Da igual. Un placer saludarlo, señor Conde Enmascarado. Me alegra que haya venido, se nota que a los chicos les dio mucho gusto su visita.

—Usted no se ve muy contenta que digamos.

—Si ellos están felices, yo también lo estoy.

—No le haga caso —intervino una de las niñas—. Está enojada porque no vino el sobrino de la maestra.

—¡Niña! —la interrumpió la arpista—. ¿De dónde sacas eso?

—Pero si hasta dijo que no le importaba que le desafinara el instrumento…

—¿Por qué no se van a su salón? ¿No tienen examen? —la pobre arpista no sabía dónde meterse.

—No hay examen, señorita. Hoy fue el último día de clases.

—Pues váyanse con su mamá o con quien haya venido a verlos.

Aunque estaba muy divertido, traté de ayudar a la arpista a salir del aprieto.

—No se enoje con el muchacho. A lo mejor se le atravesó algo. O tal vez no encontró la manera de verse presentable, pero estoy seguro de que está pensando en ustedes.

—No lo defienda, joven. Nos dejó plantados. Con permiso.

Dio la media vuelta y se fue, molesta.

Una de las niñas más pequeñas se me acercó.

—Qué bueno que tú sí viniste.

Y me dio un beso en el cachete.

"Ay, Conde Alexander. Tú me metiste en este lío, ahora me tienes que sacar de él."

—Señor don Conde —mi tía me tomó del hombro—. ¿Quiere que le dé un aventón a algún lado? No sé, tal vez a su guarida secreta, donde combate el crimen y ayuda

a que el mundo sea un lugar mejor, y además tiene sala, estufa, comedor, baño limpio y algún libro…

—¿No podría llevarme al metro?

—Cómo voy a botarlo en una estación del metro —respondió la hermana de mi madre, con una franca sonrisa en los labios—. No puedo permitir que semejante ídolo del deporte viaje en transporte público. Capaz que lo confunden con un vendedor ambulante de máscaras.

"Muy graciosa, tía. A ver si te ríes tanto cuando los Reyes Magos te traigan un pedazo de carbón."

3

✷ CANTO AL PIE DE TU VENTANA ✷ PA' QUE SEPAS QUE TE QUIERO

—A ver, Vladimir, no tengas miedo. ¿Qué es lo peor que puede pasar?

—Que no le guste; que todos en el edificio se burlen de mí; que salga su mamá y nos corra y esté lloviendo, nos mojemos, nos dé catarro y contagiemos a mi tío…

—No exageres.

—Tú preguntaste por lo peor que podría pasar.

—Ándale, Vladimir, sin miedo. Te digo que esta serenata para Leonor es una idea buenísima. No se lo espera. Le va a encantar. Además, yo me encargaré de la música.

—Eso es lo peor que puede pasar: que tú te encargues de la música.

—Síguele, escuincle.

No debía enojarme, sabía que Vladimir estaba nervioso, pero es que a veces es muy llevadito. Digo, no siempre… Sólo cuando está despierto.

—Si quieres nos vamos. Total, al que le interesa quedar bien es a ti. Yo podría ir al gimnasio.

—Y harías bien, porque esa playera ya te aprieta de la panza, y no precisamente por musculoso.

—Mira, chamaco…

—Ya no te enojes. Órale, vamos a empezar la serenata… y que el cielo nos perdone por tu música.

—Sangrón…

—Realista. Tú tocas mal hasta los MP3 del celular.

Y eso fue precisamente lo que saqué, mi teléfono ultramoderno (del cual tardé muchas semanas en descubrir que también reproducía música). Abrí el Spotify y seleccioné la playlist que había preparado para la ocasión… No sonó nada.

—Porquería de aparato. No sé por qué te dejé cambiar mi celular viejito por esta cosa que ni sirve… Hubiera traído el arpa.

—Tienes que desconectar los audífonos para que lo escuchemos todos.

—*Tinis qui disquinictir…* Ya lo sabía.

Qué lástima que Leonor viva en departamento interior. Hubiera sido tan bonita una serenata debajo de su balcón… Aunque debo reconocer que la acústica del pasillo hacía que nos escucharan en todo el edificio.

> *Baby shark, doo doo doo doo doo doo*
> *Baby shark, doo doo doo doo doo doo*
> *Baby shark, doo doo doo doo doo doo*
> *Baby shark!*

—Perdón, playlist equivocada.

El petit máster murmuraba algo como:

—Paciencia, paciencia…

—Ahora sí va la canción.

Acuérdate de Acapulco,
de aquellas noches...

—Aquí, cuando oigas "María", cantas fuerte "Leonor"; así pensará que la canción es para ella.

De nuevo los murmullos:

—Paciencia, paciencia... Deja que se confíe y te desquitas en el gimnasio...

—O podemos probar con otra canción —agregué de inmediato.

—Apaga ese teléfono. Yo pongo una de mi playlist.

—¿Estás seguro? Las románticas viejitas tienen su encanto.

—¡Ya!

—Perdón, Vladimir. No debí presionarte.

—Perdóname a mí. Me siento muy nervioso. Jamás pensé estar en esta situación.

—Vladimir, no exageres, apenas vas a acabar la primaria. Te falta mucho por vivir... Como acompañarme a la arena. ¿Tu mamá todavía no te deja?

—No. Dice que es...

—Para salvajes, ya lo sé.

—Iba a decir que para inadaptados faltos de civilización. Pero salvajes da la misma idea.

—¿Y si haces algo como lo de la inundación? Ya ves que funcionó rebién para que te dejaran acompañar a tu tío al gimnasio.

—¡Fue un accidente!

No podía dejar que mi petit máster siguiera tan nervioso. Eso era como los curitas: te los tienes que arrancar de un jalón.

—Confía en mí. Ahorita sólo deja que se escuche la música.

Agarré el teléfono y puse una canción ideal para esta serenata eterna.

Siento que me atan a ti
tu sonrisa y esos dientes,
el perfil de tu nariz...

Y en eso se escuchó cómo abrían la puerta del departamento de Leonor.

—Ya la hiciste, amigo.

Una vez abierta de par en par, a ambos se nos borró la sonrisa. Ahí estaba Leonor... acompañada de Karla.

—Chicos, qué sorpresa. No sabía que conocían a mi amiga Leonor —la expresión alegre de la diabólica criatura disimulaba muy bien sus crueles pensamientos—. Pero pasen, por favor, estábamos a punto de tomar el té.

—¿Tú aquí? —contesté incrédulo.

El pobre Vladimir estaba mudo de la impresión.

—Vivo en esta colonia. Es lógico que conozca a niñas de mi edad, como mi amiga Leonor.

—Sí es cierto —dijo Leonor, sonriente—. Es muy chistoso. Nunca había visto a Karla, pero desde hace unas semanas nos encontramos en todos lados. Lugar de donde salgo, lugar al que Karla está llegando. ¿No es graciosísimo?

—Uy, claro —consiguió responder el pobre Vladimir.

Y Karla, por supuesto, siguió metiendo su cuchara:

—Pero pasen. Estábamos hablando de la importancia de aprender todo lo que nuestros papás tienen para enseñarnos —y volteó a verme—. ¿No estás de acuerdo en que un padre siempre será el mejor maestro?

—Lo que tú digas, Karla.

—Yo también estoy de acuerdo —intervino Leonor—. Yo aprendí a bailar gracias a mi familia. Y casi lo hago tan bien como mi amigo Vladimir.

—¡No me digas!… —Karla se veía muy sorprendida; casi parecía un ser humano—. ¿Y dónde aprendiste, Vladi?

—A mi mamá siempre le ha gustado bailar.

En eso sonó otra canción de mi playlist:

Why can't we be friends…?
Why can't we be friends…?

Y no nos quedó de otra que pasar para tomar ese té y seguir hablando de lo importante que es tener a tu padre como maestro.

4

✦ MIS NUEVOS AMIGOS ✦

—¿Listo para subir al ring, campeón?

Era el Chino Navarro, quien junto a su hermano Chacho me observaba en la entrada de los vestidores. Cerré mi libro de poemas, me puse la máscara y abroché mi capa. Olvidé ponerle el separador al libro, pero eso es lo bueno de la poesía, puedes regresar a los versos y no te aburres de ellos. Salimos del vestidor y no pude contener la emoción:

—Aún no me la creo que ahora somos compañeros. Se acabaron las noches de perder contra ustedes.

—No te confíes. Al Chino y a mí nos gustaría ganarte tu campeonato. A lo mejor nos ponemos a dieta para bajar los quince kilos que nos separan y te retamos.

—Te separarán a ti, Chacho —aclaró de inmediato el Chino Navarro—. Porque yo estoy en mejor forma. Nomás pasadito por doce kilos, pero en mucho mejor forma.

Fue tal la impresión que me causó ese reto que me jorobé y dejé caer los brazos. Instintivamente me aferré al cinturón. Los Navarro soltaron una carcajada.

—Sí es cierto —dijo el Chacho—, no sabes reconocer una broma. No te espantes, mi chavo. Preferimos tenerte de nuestro lado.

—Pero eso sí —agregó el Chino—. Si un día nos toca luchar contra ti, te trataremos como a cualquiera de nuestros rivales. Abajo podemos ser cuates, pero arriba del ring es otra cosa; que nunca se te olvide.

—No, señor.

—¿Señor? Ay, de plano te pasas de bien educado.

Sonó la música. Nos dieron la señal. Luces. Aplausos. El anunciador hacía su trabajo.

—Y ya vienen por el pasillo de la verdad, decididos a demostrar que son el mejor equipo de la Empresa Internacional de Lucha Libre. Como pareja fueron invencibles, y prueba de ello es que aún ostentan el campeonato de la especialidad. Ahora hacen equipo con un rudo que ya vino, ya vio y está conquistando. Su terciopelo es símbolo de elegancia, y su rudeza significa grandeza. Con ustedes, ¡los Hermanos Navarro! ¡Chacho y Chino Navarroooooo! ¡Acompañados del recién coronado monarca nacional de peso wélter: el Enmascarado de Terciopelo, el Condeeeeeee Alexandeeeeeeer! ¡Recibamos con un aplauso a estos tres rudos de campeonato en la catedral de la lucha libre!

Oscuridad total. Música. Empezaron a encenderse, uno a uno, los reflectores. Gritos desaforados.

El anunciador continuó:

—Salieron del vestidor con una idea fija: imponer su ley y acabar con sus rivales. Ellos entrenan a diario

para demostrar que sobre el cuadrilátero no hay quien les haga perder el brillo. Con ustedes, el maestrazo de los encordados: ¡César Ramos! Escoltado por uno de los técnicos más queridos de la Arena Catedral, poseedor de una agilidad y destreza que todos los rudos le envidian: ¡el Bronco Flores! Y como capitán de su bando, la nueva sensación de la lucha aérea; perdió el campeonato de peso wélter, pero no sus deseos de venganza ni el cariño del público. El hombre que nació para volar y deleitar con su fuego de oro: ¡Golden Fire! Lucharán a ganar dos caídas de tres, sin límite de tiempo… Por el bando de los rudos…

—Hermano Chacho, este anunciador es más lento que tú comiendo los guisos de nuestra querida madre. ¿Qué te parece si procedemos?

—De acuerdo, hermano Chino, aunque tú eres todavía más lento lavando los trastes.

—Aterciopelado Conde, ¿nos haría el honor?

—¿Eh? ¿De luchar o de probar los guisos de su mamá?

—Por el momento, de luchar...

—Será un placer, caballeros...

Y nos abalanzamos sobre nuestros distraídos rivales. El anunciador salió corriendo, sin poder terminar su eterna presentación. Qué bonito se siente cuando uno tiene compañeros tan comprometidos con el arte de hacer sufrir a los técnicos. Mientras Chacho se encargaba del maestrazo Ramos, debajo del ring el Chino aventaba al Bronco Flores hacia las butacas. Encima del enlonado, su servidor se daba gusto rompiéndole la máscara a Golden Fire.

Después de varios minutos de castigo, y nomás porque nos estábamos aburriendo un poquito, hicimos chocar a nuestros rivales entre sí y los sujetamos por las piernas para aplicarles una de las llaves clásicas: la estrella. Les abrimos tanto el compás que no resistieron y se rindieron. Misión primera caída: cumplida.

Ya imagino qué están pensando: en la segunda caída los técnicos sufrieron, pero de buenas a primeras sacaron fuerzas de flaqueza y empataron la lucha. No fue así. Reconozco que tanto el maestrazo César Ramos como el Bronco Flores intentaron reaccionar, pero los Navarro no les dieron chance de mucho. A lo mejor hasta tomaron clases con Vladimir, porque aplicaron a la perfección aquello que mi petit máster siempre dice: si tienes la oportunidad de acabar con tu contrincante, sé implacable. Obvio yo no podía quedarme atrás y le hice ver su suerte al maleta de Golden Fire. La gente estaba furiosa, y se puso peor cuando los Navarro y un servidor vencimos a nuestros rivales con la siempre efectiva llave Lo Negro del Trauma. Qué bonitos se veían los técnicos azotando las manos contra la lona y gritando que se rendían.

Y hablando de gritos, cómo se molestaron los aficionados con nuestra contundente victoria. Nos dijeron de todo. Lejos de hacernos sentir mal (aunque una viejita sí me soltó un par de cosas que calaron mi atormentada alma), fue como si nos premiaran.

Ya en vestidores, los Navarro se me acercaron.

—Felicidades, campeón. De verdad que no nos equivocamos contigo. Cuando gustes, eres bienvenido en la

casa, para que pruebes las delicias que prepara nuestra madre.

—Gracias, Chacho. Significa mucho para mí.

—Pero con una condición.

—La que digas, Chino.

—Que me prestes tu libro de poesía. Te lo regreso la próxima semana.

No cabe duda: los Hermanos Navarro siempre me van a sorprender.

5

✴ EL CONDE CORAZÓN ✴

—Ya, Vladimir, no te pongas así. Yo qué iba a saber que la asesina de ilusiones se haría amiga de Leonor. Yo ni siquiera conocía a Leonor.

—Te dije que la serenata era mala idea.

—Corazón, una serenata nunca será mala idea… si te sale bien.

La implacable crítica, la feroz analista cinematográfica, la responsable de que una película dure meses u horas en cartelera, mi tierna madre, por una vez me daba la razón en asuntos del corazón.

—Señora, no sólo nos encontramos a Karla en casa de Leonor. Su "rudísimo" hijo se empeñó en encargarse de la música.

—Pobre niña, ojalá no se haya quedado sorda.

—Mamá, no me defiendas.

—Hijo, se trata de ayudar a tu amigo, no de provocar que lo corran del edificio por culpa de tu maldi…, arpa querida.

—Mamá, no llevé el arpa. Nada más traté de poner canciones en mi celular.

—Vladimir, eso no está tan mal... —¡vaya, mi madre dándome la razón en asuntos musicales!—... A menos, claro, que haya intentado poner sus canciones de viejito.

—Muy graciosa, mamá.

—Oigan, ¿podrían dejar su momento madre-hijo para después y concentrarse en lo que nos tiene reunidos?

—¿Vamos a comer pozole, Vladimir? —pregunté bien ingenuo.

—Vamos a hablar de cómo arreglar todo lo que Karla está echando a perder al hacerse amiga de Leonor. Y no puedes comer pozole, tienes que cuidar tu alimentación.

—Yo nada más tengo una duda.

—¿Cuál, mamá?

—¿Qué tiene de malo que Leonor y Karla sean amigas?

—¿Cómo que qué tiene de malo, mamá? Karla es la encarnación del mal, un ser sin sentimientos que se alimenta del alma de personas puras. Ella sería capaz de privar al mundo de la poesía, y en una de ésas hasta se roba las cuerdas del arpa para que me cobren multa cuando la devuelva a la casa de música.

—¿No crees que exageras?

—¿Lo dices en serio, Vladimir?

—Si los de la tienda de música te oyeran tocar, te pagarían para que no te llevaras ningún instrumento.

—Muy gracioso, pequeña sabandija.

—¿Pequeña? Tengo una estatura perfectamente normal.

—Para llegar al suelo.

—Niños, ya no se peleen.

—Él empezó.

—No seas inmaduro, hijo. Eres un poco mayor que Vladimir, deberías comportarte.

—Sí, mamá —y agregué en voz baja, para mi petit máster—: Vas a ver en el gimnasio.

—Además, niños, no creo que Karla sea tan mala como dicen.

—Ella entrena a mi archirrival. Siempre se burla de mí, y si no estoy atento, uno de estos días esconderá mis máscaras y no podré volver a luchar.

—¿Y no será que la pobre niña sólo quiere un poco de atención y cariño?

Vladimir y yo nos quedamos viendo a mi madre. Nunca habíamos pensado en esa posibilidad. Por unos instantes sopesamos la idea, y después reaccionamos de la única manera posible.

—¡Jajajajajajajajajajajajajaja!

—Óiganme, más respeto.

—Perdón, mamá, pero a Karla sólo le interesa que le teman. Ella quiere ser la reina de la lucha libre. Y todavía no me perdona por no haberla dejado manejar mis redes sociales.

—Su hijo tiene razón, señora.

—¿Y ya la trataron fuera de las luchas? —contraatacó mi mamá—. Conocer la verdad a medias nunca es bueno.

—¿Te acuerdas de los pants chafas que se le rompieron a mi papá en el mercado? Karla y su mascota se los mandaron.

—Tampoco justifiques a tu papá. Desde que ya no lucha le está saliendo panza.

—¿Y la tela que me regalaron? Venía apolillada. No me pude hacer una sola máscara.

—A caballo dado no se le ve colmillo, hijo. Acuérdate siempre de eso.

Y no siguió regañándonos porque, en eso, sonó su teléfono. Era su jefe, quien le pidió que fuera de urgencia

a la oficina para entrevistar a un director de cine que había llegado de improviso. Mi mamá tomó una grabadora y se fue a la revista, no sin antes dejarme una misión.

—No se te olvide apagarles a los frijoles, o nos quedamos sin cenar.

—Ay, mamá, ¿con quién crees que hablas?

—Yo nomás te digo —y salió de la casa.

—Oye, Vladimir, ¿en serio crees que exagero respecto a Karla?

—No sé. Digo, sólo la conocemos por las luchas. A lo mejor sí es buena onda. Por algo Leonor se hizo su amiga.

—Sí, para evitar que le robara sus muñecas y las cocinara en la fonda que está a la vuelta de tu casa.

—¡Jajajajajajaja! Ésa estuvo buena.

—¿Y tú por qué defiendes a Karla? ¿Te gusta? ¿Quieres salir con ella?

—¡Yaaaaaaaa!

—Uy, a lo mejor Golden y yo terminamos haciendo pareja, para que nuestros entrenadores no sigan separados por nuestra rivalidad.

—¿De veras quieres hacer pareja con Golden y que la niña asesina te entrene?

—Tienes razón: exageré.

—Menos mal que lo reconoces.

—Pero entonces ¿Karla no te gusta ni tantito?

—¡Yaaaaaa!

Y mi petit máster se fue, molesto, rumbo al gimnasio, mientras yo caminaba tras él, ofreciéndole disculpas porque se me había pasado la mano con las bromas.

Esa noche, en casa, mis padres y Tetsuya cenaron tacos de maciza y chicharrón, mientras que Maravilla López se dio un atascón de sushi. Yo, en cambio, tuve que conformarme con un plato de frijoles quemados.

6

✦ SERENIDAD Y PACIENCIA, MI PEQUEÑO CONDE ✦

GOLDEN FIRE SE PREPARA A CONCIENCIA
PARA DEFENDER SU MÁSCARA
Por J. Lázaro R.

Desde que la Empresa Internacional de Lucha Libre autorizó el duelo de máscara contra máscara entre Golden Fire y el Conde Alexander, los aficionados nos preguntamos no sólo cuándo darán a conocer la fecha, sino quién será el vencedor. Estos jóvenes prometedores arriesgan lo más preciado que tienen: la incógnita. El triunfo los enviaría a los cuernos de la luna, pero la derrota los proyectaría hacia las profundidades del infierno. Sin duda es un combate de pronóstico reservado.

Si en la guerra y en el amor todo se vale, con mayor razón en la lucha libre. Quienes conocieron a estos personajes en su etapa con los independientes, podrían inclinarse por el Enmascarado de Terciopelo, y es que el Conde Alexander es un rudo que nunca ha permitido que se luzcan a sus costillas. A Golden Fire, en cambio, los nervios lo traicionaban en un principio, pero el brillante técnico supo corresponder poco a poco a la confianza de los promotores y al cariño del público, que lo incluyó entre sus favoritos gracias a sus impresionantes vuelos.

La moneda está en el aire, pero en esta ocasión no es simplemente cuestión de suerte, sino de preparación y de mantener el factor sorpresa. Golden Fire ya ha dado dos golpes magistrales. El primero fue ocultarse tras la identidad del Silencioso. Nadie pensaba que debajo de la máscara de quien se perfilaba como el socio natural del Conde estuviera su némesis. Si es listo —y estamos seguros de que lo es—, Golden debió haber aprovechado que su rival bajó la guardia para estudiar de cerca todos sus movimientos. Esto sin duda es un punto a favor de Golden Fire, quien además dejó en claro que ya no es solamente aquel volador asombroso y quiere demostrar que es un luchador completo.

Para lograr esto último, el temerario técnico dio su segundo golpe maestro al integrarse al grupo de entrenamientos del Exterminador, quien hace algunos años era uno de los rudos más temidos de la empresa. Si bien este ex luchador se retiró de los encordados sin hacer mucho ruido, ahora se ha volcado de lleno a su nueva actividad: ser el encargado de pulir a las futuras generaciones. Podemos afirmar que el Exterminador es la pieza que faltaba en el rompecabezas de Golden Fire para superar este gran reto.

Aunque el Exterminador no dejó júnior, su legado vivirá en su grupo de alumnos, encabezado por Golden Fire.

—No me gusta este reportaje. Vladimir, tenemos que hacer algo, pero ya. ¿Cómo ves si integramos al Atómico al equipo de entrenadores? Él fue maestro de Golden y puede revelarme sus puntos débiles.

—No necesitas al Atómico.

—Claro que sí, Vladimir. Tengo que sacar alguna ventaja.

—Ya me tienes a mí, yo conozco todos los puntos flacos de Golden Fire. ¿Cuándo te han fallado mis estrategias? ¿Cuándo te he quedado mal?

—Él ganó la primera lucha de campeonato.

—Pero yo no sabía que él era el Pecas. Es más, no conocía al Pecas. ¿Cuándo traes una foto de tu escuela, para ver si lo reconozco?

—Vladimir, no te distraigas. Necesitamos al Atómico.

—Te digo que no, yo sé cómo ganarle a Golden.

—Pero si nos hacen un reportaje con el Atómico, a Golden no le va a gustar, se sentirá traicionado y dirá que él vio primero al Atómico… Claro que eso no le importó cuando le pidió a mi papá que lo entrenara. Y hasta le regaló unos pants para quedar bien y…

—Amigo, ¿te agachas tantito? Creo que tienes algo en el ojo.

—Gracias, Vladimir, tú siempre te preocupas por mí.

—Acércate un poquito más.

—A veces tengo mis dudas de que mi papá…

¡POW! ¡SMACK!

—¡AY! ¡¿Por qué me pegas, Vladimir?!

—Tienes que tranquilizarte, estás muy ansioso.

—¿Y cómo quieres que me ponga? Mi máscara está en juego. Imagina si la pierdo.

—Te iría mejor. Si encapuchado das miedo, con lo feo que estás serías el rudo más temido del mundo.

—¡Óyeme, chamaco!

—Óyeme tú a mí. Todavía no sabes cuándo será la lucha. Firmaste un contrato, pero aún no anuncian la fecha. Si desde ahorita te alteras, vas a llegar en muy malas condiciones. Enfrenta las cosas una a la vez.

—Suenas muy sabio.

—Gracias, son años de estudio.

"Este niño no conoce el sarcasmo."

—¿Y qué es lo que debo hacer, según tú?

—No dejes de entrenar ni descuides tu condición física. Y, sobre todo, estudia este informe del Bronco Flores —y me dio una carpeta—. Puede meterte un susto muy grande.

—¿Y el Bronco por qué? No voy a apostar mi máscara con él.

—Pero el campeonato sí.

—¡¿Cómo?!

—¿No supiste? El martes pasado el Bronco Flores ganó una eliminatoria en la Catedral y se convirtió en el retador oficial de tu campeonato. Derrotó en la final al Iluminado.

—El martes pasado no me tocó luchar en la Catedral.

—¿Y? ¿Ya no lees las revistas? ¿No revisas mis informes de tendencias? Si no te avivas, te van a comer el mandado.

—Sí, ya sé, como la vez que fuiste al mercado y...

—No, eso ya es viejo. Ahora lo que me pasó es que se me perdió el cambio. ¿No te conté? Fue saliendo del mercado, cuando me detuve para sacar una tortilla…

—Vladimir, no te distraigas.

—Distraído tú, que no lees mis reportes a tiempo.

—Estaba pensando cómo conservar la máscara.

—Y dale con la máscara. Si te concentras en una sola lucha, no vas a ganar las demás, y capaz que te corren de la empresa por maleta. Y ahí sí, adiós lucha de máscara contra máscara.

—Vladimir, estás exagerando, eso no va a suceder.

—Cláusula siete de tu contrato.

—¿Estuviste espiando mi archivero?

—No, bajé el documento del servidor de la arena.

—¡Vladimir, deja de hackear a la empresa!

—No es mi culpa que nunca cambien su contraseña.

—¿Y cuándo defiendo el cinturón contra el Bronco?

—Cuando regreses de Acapulco. Vas a presentarte allá una semana entera.

—¿Acapulco? No aparecía en la lista de las luchas de esta semana.

—Todavía no te dan esa lista. La bajé del servidor. Vas para allá a fin de mes.

—¿Tu mamá no te enseñó que no debes espiar servidores ajenos?

—No.

—¡…! Por lo menos dime a quién me voy a enfrentar.

—No comas ansias, lo verás en mi próximo informe. Ya estoy analizando los puntos flacos de tus rivales.

—¿No me vas a dar ni una pista?

—Sí. Vas contra luchadores.

—Qué chistosito, Vladimir.

—Tú confía en mí. Si quieres, métete un rato al Twitter y contéstales a tus fans. Nomás no se te olvide borrar el registro de navegación cuando termines: no queremos que nos rastreen los ciberpolicías que contrató la empresa para averiguar quién te ha aumentado el sueldo desde hace dos meses.

—¡Vladimir! ¿Qué vamos a hacer si nos descubren?

—Ya modifiqué nuestra IP. La próxima vez que intenten rastrearnos, terminarán en la Patagonia, y ahí no saben luchar tan bien como aquí.

"Este niño me va a volver loco."

7

★ BUENO Y MALO MEZCLADO, ★ EN REGULAR SE CONVIERTE

—Todo en orden, señor. Aquí tiene su pase de abordar. Vuelo 1522. Su asiento es el 7-A. Tiene que estar en la sala 11 a las ocho de la mañana. Buen viaje.

Qué diferencia. Todavía recordaba mis primeras giras y cuando me enviaban cada semana a Puebla y a Guadalajara, antes de mi debut en las arenas del Centro y Catedral. Pasaba horas en la carretera. Me bajaba bien adolorido de los autobuses. Ahora, en cambio, me mandaban en avión y hasta tenía un día libre para pasear por el malecón y la playa.

No vayan a creer que me sentía la gran cosa; me faltaba mucho para ser una estrella de verdad, pero me parecía muy bien que la empresa me consintiera un poco. Ni siquiera me pesó levantarme tan temprano para estar a las seis de la madrugada en el aeropuerto. Estaba seguro de que mi familia me extrañaría esa semana. No se me olvidaban sus palabras de despedida: "Apaga la luz y déjanos dormir".

Faltaba casi hora y media para abordar el avión, de modo que fui a uno de los restaurantes del aeropuerto para desayunar algo y estudiar los informes de Vladimir. La empresa me había programado siete luchas, una por día, así como varias entrevistas en radio y televisión, y una sesión de fotografías para la prensa local. Iba a estar muy ocupado, pero todo fuera por darles gusto a los aficionados. Cinco luchas semifinales y dos estelares, me habían dicho. Al llegar a Acapulco me recibiría uno de los promotores asociados, quien me daría los programas completos de las funciones.

Cuando la mesera me tomó la orden, se oyeron gritos en las filas para documentar las maletas.

—Le digo, señor, que no puede viajar así.

—Y yo le repito que es indispensable. Nadie puede saber quién soy.

—Haga el favor de quitarse esa máscara, si no quiere que lo llevemos a la alcaldía.

"¿Máscara? Esto no me gusta nada."

Me asomé por la ventana, pero sólo vi a varios policías rodeando a alguien. Habría jurado que conocía esa voz que berreaba como poseída.

"No hagas caso, estás imaginando cosas por haberte levantado tan temprano."

Minutos después ya estaba por probar mi platillo, cuando alguien se sentó enfrente de mí.

—Hola, querido finolis. ¿Está ocupada esta silla?

"Argh. No fue mi imaginación."

—¿Qué haces aquí, luciérnaga fundida?

—Quiero desayunar y este es un restaurante. ¿Sabes si tienen bísquets?

—Quiero decir aquí, en el aeropuerto.

—¿Me creerías si te digo que voy a tomar un avión?

—Golden…

—No, no, no. Ya hice corajes porque los policías no me dejaron usar mi máscara; no te voy a permitir que divulgues quién soy.

—No me digas que tú también vas a Acapulco.

—Voy a Acapulco.

—Te dije que no me dijeras… Supongo que vamos en el mismo avión —aventuré, con temor.

—Vuelo 1522.

"Los dioses de la lucha me odian."

El malévolo Golden no me dio respiro:

—Imagino que vas allá para moverles la panza a los turistas en la playa.

—¿Por quién me tomas, chapulín? ¿Cuál panza? Mira nada más mi porte, mis músculos, mi abdomen de lavadero.

—Me refiero a… Olvídalo, llorón aterciopelado.

—No me digas que vas a luchar allá.

—Y van a ser puras estelares. Va a ser una gira muy divertida. ¿Te molesta si me como tu fruta? No se te vaya a enfriar.

A ese Pecas nomás no se le quitaba lo gorrón. Me dejó sin fruta y se comió el bolillo que me trajeron, más la mitad de mis huevos con jamón. Él sólo pidió un bísquet con mermelada ¡y no me quiso convidar! Después de pagar la cuenta (el muy cínico ni siquiera dejó propina), traté de escabullirme rumbo a la sala de abordar, pero, como podrán imaginar, el condenado Golden Fire no se me despegó en ningún momento.

—Vamos para allá.

—Pecas, es la sala 11. Estás yendo al otro lado.

—¿Y para qué quiero ir ahorita a la sala? Me urge ir al baño. La fruta, el pan y los huevos me cayeron muy pesados. ¿A ti no te hicieron daño?

—Apenas pude probarlos.

—Como sea. Necesito ir al baño.

—Pues yo que tú me daba prisa, a menos que quieras que te deje el avión, mi estimado Pecas.

—Nos deje, querrás decir.

—¿Y a mí por qué? Yo no voy a perder el tiempo en el baño. Me voy a la sala de una vez.

—No te van a dejar subir al avión sin tu pase de abordar.

Y me mostró un papel.

—¿Qué haces con mi pase?

—No me reclames. A mí no se me olvidó en la mesa, junto al plato vacío de bísquets.

Y no me quedó más que esperar a que la tierna criatura saliera del baño, casi veinte minutos después. Pero lo peor no fue eso: al muy condenado le dieron el asiento 7-B, justo al lado del mío. En cuanto se sentó se quedó dormido, re-

cargado en mi hombro, ¡y no se movió ni un momento del vuelo! Mi (nada) adorable rival se la pasó musitando, seguramente tenía pesadillas:

—No me llamo Pecas, no me llamo Pecas.

Una hora después, las sobrecargos se acercaron para avisarnos que íbamos a iniciar el aterrizaje.

—¿Me ayuda a despertar a su hermano, joven?

—No es mi hermano, señorita. Tengo malos ratos, no malos genes.

—Disculpe, señor —me respondió, apenada, la sobrecargo—. Es que los vi tan parecidos, con sus gorras y lentes oscuros. Por favor, ayúdeme a despertarlo de todas formas. Tiene que enderezar su asiento. Vamos a aterrizar dentro de cinco minutos.

Quince minutos después, ya habíamos salido del avión y recogido nuestras maletas. En la salida estaba un señor que sostenía un letrero con el logotipo de la Empresa Internacional de Lucha Libre. Ambos nos acercamos a él.

—Déjame hablar a mí, querida lágrima. Hay que ser discretos en estos lugares.

No dije nada. Me detuve y escuché a mi rival.

—Buenos días. Venimos de la capital.

—Ya sé, joven. Es el único vuelo que ha llegado.

—¿No viene por nosotros?

—¿Ustedes son los hermanos de mi suegra?

—No, somos luchadores.

—Bien por ustedes. Yo vengo por los hermanos de mi suegra. Apenas los voy a conocer.

—¿Y por qué sostiene el logo de la empresa de lucha libre?

—Ay, qué bruto soy, estaba tapando el letrero con mi revista. Oiga, ¿entonces son luchadores? ¿Quiénes son? No me diga, no me diga, déjeme adivinar. ¿Usan máscara?

Me acerqué y tomé al Pecas del hombro.

—Disculpe a mi… amigo, señor —me dieron ganas de vomitar al decir eso—. El pobre acaba de despertar. Tuvo pesadillas en el avión.

Y dejamos atrás al señor.

—Qué bueno que fuiste discreto —reclamé, molesto, a Golden Bruto.

—Dijiste que soy tu amigo. ¿A poco sí me quieres?

—No te emociones, tenía que disimular.

En eso se acercó otro señor.

Disculpen que me entrometa, pero escuché su plática. ¿Vienen de parte de la empresa?

—¿Por qué lo pregunta?

—Es que estoy aquí para llevar a dos luchadores a su hotel, pero se me olvidó el letrero en la oficina de mi patrón.

Media hora después nos encontrábamos en el hotel, esperando a que nos dieran nuestros cuartos (afortunadamente estaban separados). Tan pronto como me dieron mi llave, se abrió el elevador y escuché una voz muy familiar a mis espaldas.

—Ni siquiera viniendo en avión puedes llegar antes que yo.

Volteé, con una gran sonrisa en los labios.

—¡Vladimir! ¡Qué sorpresa!

—Vine de vacaciones con mi mamá.

Y abracé, feliz, a mi petit máster. Lástima que la sonrisa se me borró muy rápido.

—Lagrimita, superbebé. Qué alegría verlos. ¿Les gusta mi traje de baño? Es el último grito de la moda.

—Karla, ¿qué haces aquí?

—Mi tío es el dueño del hotel, todos los años vengo unos días en el verano. Nos vamos a divertir mucho.

—No lo dudo —contesté, desganado.

Vladimir sólo atinó a decir:

—¿Para esto aguanté seis horas en camión?

—Pero no se queden ahí —prosiguió la encarnación de la maldad en su versión preadolescente—. Lleven las maletas a sus cuartos. Le voy a pedir a mi tío que les mande algo de cortesía. ¿Les parecen bien unos pañuelos y un biberón?

—Karla —intervino Golden—, ¿a mí no me ofreces pañuelos? Estoy sudando mucho.

—Golden querido, aquí tampoco tienes permiso de hablar.

"Esta niña y su lombriz amaestrada me van a volver loco."

8

✦ EN EL MAR, LA LUCHA ES MÁS SABROSA ✦

Aunque sólo tendría un día libre en la playa, estaba dispuesto a aprovecharlo al máximo: nadar en el mar y en la alberca del hotel, recostarme a leer en la arena, pasear por el malecón, tal vez hasta aventurarme con la banana y el paracaídas. Vladimir, sin embargo, tenía otros planes:

—¿Qué haces ahí, con esa cara de despistado? Ándale, vamos al gimnasio del hotel. Estás perdiendo músculo.

"¿Este niño no sabe relajarse?"

—Vladimir, es mi día libre. Mañana tengo varias cosas que hacer desde temprano: entrevistas, sesiones de fotos, y luego ir a la arena.

—Con mayor razón. Si no entrenas hoy, vas a llegar fuera de ritmo al ring. La gente pagará por verte tan rudo como en la Catedral. Debes dar lo mejor de ti.

Mi petit máster tenía razón. Pero se me antojaba tanto un poco de relax en la playa. Así que, por no dejar, intenté convencerlo.

—Hace mucho que no veo la arena y el mar.

—No te preocupes, el gimnasio tiene vista a la playa. Ándale, deja esa toalla y cambia el traje de baño por los pants.

A lo lejos escuché cómo Karla le gritaba a su pupilo (qué pulmones tiene; estoy seguro de que se enteraron en la playa de al lado):

—¡No te metas al mar con máscara!

#◎#◎

No le vayan a decir a Vladimir que dije esto, pero él tenía razón. Fue muy buena idea dedicar las horas libres a hacer ejercicio en el hotel. Los luchadores de Acapulco tenían un estilo muy diferente de aquellos que acostumbraba enfrentar en casa. Los acapulqueños preferían la lucha de fuerza y los castigos de poder. Y si a eso le agregan el calor que hacía en las arenas y la altura de la ciudad, imaginarán que terminaba agotado. Lo confieso: perdí las primeras dos luchas. La tercera mañana estaba en el cuarto de mi petit máster, estudiando videos en su tablet.

—No puedo creer que tu mamá te haya traído a Acapulco la misma semana que me toca venir aquí, que nos estamos quedando en el mismo hotel, y que aun así no te deje ir conmigo a la arena para verme luchar.

—Mi mamá no quiere que regrese muy noche al hotel y la despierte.

—Pretextos, podrías quedarte en mi habitación. Además, las funciones de este fin de semana fueron a las cinco de la tarde. Habrías estado de vuelta a las nueve.

—Ya sabes que no le gusta que vaya a las arenas. No quiere que…

—Que te conviertas en salvaje, ya sé.

Se notaba que a mi amigo lo entristecía muchísimo no poder acompañarme.

—¿Cuándo regresan a casa?

—En tres días.

—¿Y si le decimos a tu tío que le hable a tu mamá para que te deje quedarte un día más y ver mi última lucha? Voy en la estelar.

—Se lo pedí desde antes de venir para acá, pero no me hizo mucho caso. Estaba leyendo el nuevo catálogo de la farmacia.

No insistí más. Después de la hora de la comida, me despedí de mi amigo y me fui para cumplir con la agenda que tenía programada. Al salir del hotel me encontré a Golden Fire, quien regresaba de comprar artesanías.

—Son para regalar a mis fans de Facebook y Twitter. Les van a encantar.

—¿Cómo te da tiempo para ir de compras? ¿No tienes entrevistas?

—Obvio sí. La gente se pelea por que les dé alguna exclusiva.

—¿Y? Prácticamente no has salido del hotel. Yo he andado por toda la ciudad, y tú te la pasas en la playa y en la alberca…

—Ya, ya, ya. No te quejes de tus desgracias. Entiende que no eres una estrella como yo. Mientras tú vas a las oficinas de los periodistas, ellos vienen aquí para entrevistarme.

—¿De qué privilegios gozas? —pregunté, asombrado, aunque intuía la respuesta.

—Karla conoce a mucha gente e hizo unas cuantas llamadas. Y, si me disculpas, es hora de mi siesta en la playa. *Aloha*. Eso es "adiós" en ruso. Me lo enseñó tu papito lindo.

"Tranquilo… Espera a que se duerma y lo entierras en la arena."

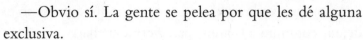

Para mi tercera lucha me tocó medirme al Rey Grillo. Aunque ese muchacho tiene facultades y seguramente un día hará sufrir a más de uno en la Catedral, en esa ocasión (y gracias, por supuesto, a los consejos de Vladimir) el triunfador fui yo.

Al día siguiente, en el desayuno, y mientras su mamá nadaba en la alberca, mi petit máster y yo intentamos tener una plática muy seria:

—Jala mi dedo, Vladimir.

—¿Neta crees que voy a caer en ese truco?

—No, es en serio. Jala mi dedo, creo que me lo torcí abriendo la lata de jugo.

—Oye, ¿de casualidad trajiste tu libro de poesía?

—No salgo sin él. ¿Por?

—¿Me lo prestarías? Es que no hice mi tarea y tengo que entregarla hoy. Me pidieron seleccionar unos versos.

—Ajá. Vladimir, estás de vacaciones en Acapulco.

—Es que quedé de mandarle los versos a mi maestra por Whats.

—No me digas. ¿Cómo se llama tu maestra?

—Leon...

—Ay, qué tierna. Tienes una maestra León. ¿Y no ruge cuando te deja esas tareas?

—No te burles. Mi maestra se llama Le... Julieta. Julieta León.

—No me digas. ¿Y de casualidad no tiene tu edad, le gusta bailar y de cariño le dicen Leonor?

—¿Ya te había contado de ella?

—¡Vladimir!

—Bueno, sí. Son para Leonor. ¿Qué tiene de malo?

Y antes de que pudiera contestar, una voz salió de debajo de nuestra mesa:

—Lo que tiene de malo, superbebé, es que a *mi amiga* Leonor no le interesan tus versitos.

—Karla, no puedes espiarnos a Vladimir y a mí. ¿Qué hacías debajo de la mesa?

—¿Acaso una no puede buscar sus lentes de contacto por todo el restaurante? No sabes lo angustiante que es no ver.

—Karla, no necesitas lentes de contacto. Tienes vista perfecta. Te lo dijo el doctor antes de que lo corrieran del consultorio porque lo acusaste de inyectar con dolor.

—No me cambies la conversación, Vladi querido.

—No te metas en pláticas ajenas.

—Tú tampoco, mi llorón amigo. Estoy hablando con el niño maravilla, no con el viejito amargado.

—¿Cuál viejito? —esa niña sabía cómo sacarme de mis casillas.

—Mira, Vladimir. Hazme caso. No le gustas a Leonor. No le caes mal, pero no se la vive pendiente de ti. No quiere ser tu novia.

—Ya vámonos, Vladimir. No tenemos por qué quedarnos a escucharla.

—Todavía no puedes irte, Vladi.

—Sí, no podemos irnos, amigo —repitió, para mi sorpresa, Vladimir.

—Claro que podemos. Ella no es tu jefa.

—Te digo que no podemos; falta que nos traigan la cuenta.

—Mira, Vladi el encantador —Karla volvió al ataque—, yo sé bien lo que te digo. Leonor no se va a fijar en ti. No eres su tipo. A ella no le gustan los sentimentales que dan serenata o mandan versitos.

—No la escuches, amigo. Lo dice por envidia.

—¡Bastaaaa! Mejor me voy a la cocina. Tal vez consiga que me enseñen a preparar langosta. O agua de jamaica.

#◎#◎

Esa noche volví a ganar, y la gente se puso furiosa porque esta vez sí pude ser el rudo que todos conocen. Me sentí especialmente contento: no necesité de las carpetas secretas de mi pobre y abnegado amigo. Sin embargo, cuando llegué al hotel, no pude llevar al petit máster a cenar, como hubiera querido. Es más, no pude llegar a mi cuarto. Todo el piso estaba inundado. Junto al elevador estaban Vladimir y su mamá, con sus maletas a un lado.

—¿Qué pasó? —pregunté con genuina curiosidad.

—Tu amiguito inundó el baño —la mamá de Vladimir estaba furiosa—. Yo quería que nos quedáramos unos días más, y los del hotel nos pidieron que nos fuéramos esta misma noche.

—¡Fue un accidente, mamá!

Y en vez de llevarlos a cenar, tuve que acompañarlos a la Central Camionera.

★ ★ ★

Mis últimas dos luchas fueron contra (el latoso y nada simpático) Golden Fire, que en esa ocasión no tuvo nada de Golden. Al contrario, parecía que se había quedado dormido en la playa sin usar bloqueador solar. Tenía todo el cuerpo quemado y apenas podía moverse. Fueron los dos combates más fáciles de mi vida: los gané con puros golpes a la espalda. Pobre Golden, tuvieron que pasar casi dos meses para que se le quitara lo rojo, de cómo lo dejamos el sol y un servidor.

9

A LA SEÑORITA EDITORA NO LE GUSTÓ CÓMO SE LLAMABA ESTE CAPÍTULO

Regresé de Acapulco con las pilas cargadísimas. Sí, me trajeron a las carreras con tanta entrevista, pero la recepción del público fue muy buena. Casi siempre me esperaban afuera de la arena… para lincharme. No les gustó nada cómo traté a sus idolitos. Aunque también reconozco que los últimos dos días, al ver cómo me había encargado de Golden Fire, a quien querían linchar era a él, pues no había podido hacer gran cosa debido a lo quemado que estaba de la espalda. A mí, en cambio, el promotor de Acapulco me agradeció mi profesionalismo y prometió llevarme de vuelta pronto.

Por suerte, no me tocó compartir el avión de regreso con la cucaracha voladora. A él lo mandaron a luchar a otras ciudades de Guerrero, mientras que a mí me trajeron a la capital para defender el campeonato ante el Bronco Flores.

Como Vladimir seguía castigado por el "accidente" del hotel, no fue toda la semana al gimnasio y tampoco le permitieron que lo visitara para que estudiáramos videos. Para reanimarlo, le envié versos por Whats por si quería hacérselos llegar a Leonor (me vale lo que diga la metiche de Karla, un buen verso no se le niega a nadie), y también unos audios con mis ensayos de arpa. No fueron muchos, porque cada vez que intentaba grabar, se colaban maullidos, gritos de los vecinos ("¡Otra vez esa tortura!", decían) y el ruido de ventanas que se azotaban. Dos días después de que mandé los audios, Vladimir me contestó.

> Perdón, reventaron las bocinas de mi teléfono y apenas lo pude cambiar por otro.

> No exageres: si no te gustó el audio del arpa, dímelo. Sé aceptar las críticas.

> Hablo en serio. Se me cayó el teléfono al agua y se descompuso.

> ¿Sigues inundando la casa?

> ¡¡¡Fue un accidente!!!

> Tranquilo. Nomás preguntaba. ¿Y ya invitaste a salir a Leonor?

> Te digo que no tenía teléfono.

> Vladimir, es tu vecina. Ve a su casa e invítala.

> No puedo.

No me digas que tienes miedo.

Peor. Karla la visita casi todos los días.

¿Y no has pensado…? Mmmh, no sé…

¡No te atrevas a decir que invite a Karla!

Yo iba a sugerir que le digas a tu mamá que hagan una fiesta e inviten a los vecinos. Karla no tiene por qué enterarse.

¡Vaya! Hasta que tienes una buena idea.

Claro que tu propuesta de salir con Karla se oye interesante. ¿Por qué se te ocurrió?

¡Yaaaaaaaaaaaaaaaaaaa!

Porque a mí nunca me pasó por la cabeza.

Claro que no pasa nada por tu cabeza. Sigues llorando porque papito entrena a Golden y no a ti.

Golpes bajos no, chamaco.

Perdóname. Se me pasó la mano.

73

> Mejor nos escribimos mañana.

> Ya no te enojes.

> ¿Conde?

> ¿Conde?

> Ay, ya. ¿Quién te quiere?

> Para que veas, te doy chance de que me mandes más audios del arpa. Prometo no abrirlos cerca de seres vivos, para que no haya víctimas.

 **Conde Alexander**
grabando audio…

#◎#◎

—Viejito sensible pensar que nieto maravilla olvidarlo. Como cuando lo dejamos en la arena.

—Para nada me olvido de ti, abuelo. Es sólo que no había tenido tiempo de venir a verte.

—¿Y a qué deber honor de visita?

—Quiero entrenar contigo, abuelo. Mañana defiendo el campeonato.

—¿Cordobés y Caballero Galáctico no estar disponibles? ¿Y niño sabelotodo que no se atreve a invitar chamaca bailadora?

—No te pongas así. También me gusta entrenar contigo. Discúlpame si te he descuidado.

—Él no estar ofendido. No parar de decir que control remoto no servir y necesitar pilas.

—Tetsuya, ¿podrías preguntarle si quiere entrenar conmigo?

—Ruquito tierno aceptar, pero antes…

—Sí, abuelo, te acepto un sushi después del entrenamiento.

—No. Él querer pilas de la tienda. Y luego ayudarle a comprender instructivo de pantalla nueva. Estar en chino instalarla.

Entrenar con Maravilla López siempre es agradable. Al igual que mi papá, él sabe bien que un campeonato se gana y se defiende a la buena, demostrando recursos. Y hasta me enseñó un par de llaves nuevas. Claro, si Tetsuya supiera un poquito más de lucha libre (o de español), no nos habríamos tardado tanto en ponerlas en práctica; además, de haberle hecho caso a su traducción, sin duda habría terminado con las rodillas en la cabeza.

El día de la lucha de campeonato llegué temprano a la arena. Me cambié y, en lugar de ponerme a leer, fui al gimnasio para hacer algo de calentamiento y levantar pesas, con el fin de fortalecer mis superbíceps. Según los reportes de Vladimir, al Bronco le gustaba mucho luchar a ras de lona; como me sacaba un par de kilos de ventaja, podría darme un susto y meterme en aprietos. No tenía ni cinco minutos de haber empezado con mis repeticiones de pesas, cuando entró, precisamente, el Bronco para calentar un poco.

—¿Vienes a espiarme?

—No, Conde. No sabía que estabas aquí.

—Tranquilo, era broma. El gimnasio es para todos.

—Sólo quiero calentar un poco. No es fácil luchar contra ti.

—Adelante. Yo haré un poco más de pesas. Dejemos que todo lo demás ocurra en el ring. Suerte, que gane el mejor.

—Eres muy educado. Ni pareces rudo.

"¿Qué se cree este chavo? Nomás porque hoy no se me permite usar rudezas, pero para la próxima me cae que sí le rompo la máscara… No, no puedo hacer eso: él lucha con la cara descubierta."

Regresé a los vestidores. Me senté un rato y, en vez del libro de poesía, saqué la carpeta de Vladimir para repasar los puntos flacos de mi rival. Si mi petit máster no se había equivocado (y eso no pasaba casi nunca), me esperaba una lucha muy dura.

Una voz me sacó de mis pensamientos:

—Lucha de campeonato, es su turno.

Y salí, dispuesto a defender el cinturón.

#◎#◎

—Respetable público, ¡lucharáaaaaaan a dos caídas de tres, sin límite de tiempo, por el campeonato nacional de peso wélter! En esta esquina, con setenta y seis kilogramos, el retador, el Broncoooo Flooooooreeees. Su sécond, el maestrazo de los encordados, César Ramos.

Aplausos del público. ¿De qué me había perdido? ¿Por qué querían tanto al Bronco y al maestrazo?

—Y en esta otra, con setenta y cuatro kilogramos, el actual campeón, quien se coronó en esta misma arena, arrebatándole el cinturón al rey de la lucha aérea, y demostrando que, cuando quiere, saber dar luchas limpias: el Condeeee Alexandeeeeeeeeeeeeeeeer. Su sécond, el Enigma.

"Este anunciador tarda siglos. Creo que ya me enfrié."

—Réferi de la lucha, el impartidor de justicia más imparcial que tiene esta empresa. Cuando él está en el cuadrilátero, es garantía de que el reglamento se respetará…

"Ay, ya callen a este anunciador, por favor."

—Para avalar el encuentro, por la honorable comisión de lucha libre de la ciudad…

"¿Sigue? De haber sabido habría ido al baño antes."

Para no hacerla de emoción, les diré que fue un combate muy arduo. Empezamos con varios intercambios de llaves, hasta que atrapé al Bronco con una serie de espectrinas, y lo rematé con un remo (así se llama la llave, no sean malpensados). En la segunda caída, mi rival me sorprendió con una campana, y preferí rendirme antes de que me lastimara más los hombros.

El tercer episodio fue muy emocionante. El Bronco Flores me puso a sudar varias veces, pero al fin logré cazarlo al vuelo y convertí su intento de reinera en toque de espaldas universal, para que le contaran los tres segundos y así conservar mi campeonato.

Al final, en vestidores, me le acerqué y le dije:

—No creí que fueras tan bueno. Felicidades, muchacho. Si vuelvo a enfrentarte, no me voy a confiar.

—Gracias. La verdad, todo se lo debo al Exterminador. Desde que entré a su grupo, mi manera de entrenar
y de luchar cambió.

Ya no le dije más al Bronco Flores, sólo estreché su
mano, me fui a mi casillero y abrí un grupo de Whats
con mi abuelo (y Tetsuya), el Caballero Galáctico y Vladimir (no incluí al Cordobés porque su celular es tan
viejito como el que yo usaba antes):

> Máscara en peligro si no entreno más.
> Convoco a reunión urgente esta noche.

No tardaron en llegar las respuestas.

> **Caballero Galáctico**
> Mañana, por favor. Ahorita estoy con el doctor.

> **Vladimir**
> Tengo tarea. Estoy estudiando la historia de
> los oficios. Empecé con el capítulo dedicado
> a la plomería.

> **Tetsuya —y mi abuelo**
> Polillita ya estar dormido y mañana ser
> feriado en Japón. Vernos pasado mañana.

"Ingratos. Pero ya me pedirán que les traiga algo de la
tienda."

10

¿DE VERDAD TENGO QUE PONERLES TÍTULO A TODOS LOS CAPÍTULOS?

Me reuní con el grupo de emergencia dos días después del llamado urgente. Todos coincidieron en que, aunque yo estaba exagerando un poco (¡bola de insensibles, faltos de solidaridad!), si Golden Fire se aplicaba y ponía atención en los entrenamientos con mi papá, podría convertirse en una amenaza muy seria. La empresa seguía sin anunciar cuándo sería nuestro duelo por las máscaras, y eso le daba más tiempo al mequetrefe saltarín para pulir sus habilidades.

—A ver, repasemos el plan —les dije, por séptima vez. Todos suspiraron con cierto pesar, pero no opusieron resistencia—. Maravilla López se va a encargar de pulir todo lo que se refiera a las llaves.

—Y alimentación. Arroz hervido, sushi; hábitos sanos, para llegar en buena forma y no parecer pancita ruda —agregó Tetsuya—. No preocuparse por la ración mensual de tacos de suadero. Yo comerla en lugar de joven maravilla —completó.

—Además de los entrenamientos tácticos y teóricos,

Vladimir le enseñará español a Tetsuya, para que no se confunda con las instrucciones de Maravilla López.

—Y honorable traductor pagar consejos de chaparrito joven con haikús románticos, para enviarlos a vecina que gustarle y nomás no hablarle sin baile de por medio.

Vladimir se puso rojo como jitomate (tengo que pedirle a mi tía que me ayude a buscar otra expresión; ésta está muy choteada) y se alejó un poco, diciendo:

—Chaparro tu sushi. Alcanzo perfectamente el suelo… en casi todas las sillas.

—El Caballero Galáctico —proseguí— verá todo lo relacionado con mi condición física y cuidados para que yo no llegue enfermo y débil al gran encuentro.

—Y no olvides el énfasis en el cuerpo a cuerpo.

—No, profesor. A usted también le tocará enseñarme todos los secretos del combate mano a mano.

—En realidad yo me refería a conocer algo de anatomía para identificar síntomas de enfermedades raras, pero me gusta la idea del mano a mano. No había quien me ganara en mis tiempos. Excepto tu papá. Ah, qué cosas con mi parejita. Debería dedicarse a dar clases, seguro pondría a sus alumnos como navajitas.

No le dije nada a mi profesor, sólo me prometí que, si hacía otro comentario de ésos, no le regalaría nada en su cumpleaños.

El siguiente lunes, en mi sesión matutina en el gimnasio de la Catedral, el Cordobés me felicitó por haber defendido exitosamente el campeonato.

—El Bronco es excelente aplicando la reinera. Fuiste muy listo al colgarte de su brazo para llevarlo al toque de espaldas.

Eso lo había practicado con Vladimir, pero no podía revelar mi secreto al Cordobés así como así. Mejor cambié el tema.

—Profesor, ¿sí había clase hoy? Faltaron muchos del grupo.

Hasta ese momento me di cuenta de que, últimamente, en los entrenamientos ya no había tanta gente. Hacía apenas unas semanas resultaba casi imposible hacer los ejercicios en el ring, por tantos alumnos que tenía el Cordobés. Ese día, en cambio, éramos apenas diez.

—Somos todos, muchacho. Desde que el Exterminador entró a dar clases aquí, y ahora que vieron cómo el Bronco casi te gana, varios de mis alumnos pidieron cambiarse con él.

—No se preocupe, profesor. Yo voy a seguir con usted.

—Me alegra saberlo, muchacho. Todavía me falta mucho por enseñarte. Yo era uno de los reyes del mano a mano. Sólo el Exterminador ganó más luchas que yo en esa modalidad.

Ya no dije nada, sólo me despedí de mi maestro y me retiré a las regaderas para tratar de enfriarme la cabeza (y quitarme lo sudado, por supuesto).

Estaba tan clavado en lo que había dicho el Cordobés acerca de mi papá que ni siquiera noté a qué hora llegué a mi casa (menos mal que me vestí antes de salir del gimnasio). No había nadie en la sala. Se oía, sin embargo, un

ruido al cual empezaba a acostumbrarme (la señorita editora no me deja reproducir onomatopeyas, así que imaginen un "taca-ta, taca-ta", combinado con gritos tipo "¡Otra vez mal!"). Entré al salón de trofeos de mi padre. Ahí estaba él, sentado frente a su máquina de coser.

—Porquería de hilo dorado, se zafa a cada rato.

Algo de su frase no me gustó: "¿Hilo dorado? No, eso ya sería el colmo". Me acerqué y vi que estaba haciendo ¡una máscara de Golden Fire!

—¿Golden? ¿Le vas a hacer sus máscaras? ¿No te basta con entrenarlo? ¿Cuánto te va a pagar? ¿O vas a trabajarle gratis porque es tu alumno?

—Buenas tardes, ¿no? ¿Algo de educación? Primero saluda, que no vivimos juntos.

—¿Eh? Papá, sí vivimos juntos. Mi cuarto está al lado del tuyo.

—Sabes qué quise decir.

Me incliné para saludarlo, pero mis ojos se centraron en su máquina de coser. Volví a preguntar:

—¿De verdad estás cosiendo una máscara de Golden Fire?

—¿Qué tiene de malo? Debo practicar con varios diseños. Las tuyas ya las domino. Mira.

Señaló un montón que había al fondo de su taller. Todas eran máscaras de terciopelo, y las costuras se veían parejitas. Ya no se le olvidaba dejar los huecos de los ojos. La de Golden, en cambio, estaba espantosa.

—Me falta práctica. No son tan complicadas, lo que pasa es que nunca las había hecho. Si me quedan bien, quizá Golden querrá luchar con una de mis máscaras.

Eso fue el colmo.

—¿Cómo crees? Golden tiene su mascarero particular, y es tan egoísta que no quiere decirnos quién es. Además, tú no puedes trabajar para él. Yo soy tu hijo.

—Y nunca has querido luchar con una máscara hecha por mí.

—Porque no me lo has pedido.

—¿Y no entiendes una indirecta?

—¿Así como cuando trataste, según tú, de confesarme quién sería tu nuevo alumno?

"Ups, golpe bajo. Ya la regué."

—Nunca pudiste acompañarme para que habláramos a solas. O tal vez no quisiste.

Mi cabeza era un hervidero de ideas y el cerebro se me desconectó de la lengua:

—Deberías acordarte de que la vida de un luchador es así de complicada. Como cuando no estabas en casa y yo apenas era un niño.

Mi cerebro trataba por todos los medios de corregir las cosas: "Cambia de tema. Camina a la cocina o al baño, o mejor ve al aeropuerto, compra un boleto para Turquía y cómete un lókum allá. Lo que sea, pero ya no discutas".

Mi lengua, en cambio, estaba encarrerada.

—Vas a acabar conmigo. Mi carrera se irá a pique, y todo por tu culpa. Me estás traicionando al entrenar a Golden Maleta. Sabes que me voy a jugar la máscara contra él.

—¿Otra vez con esa cantaleta? ¿No sabes distinguir entre lo profesional y lo personal?

—Eso te pregunto yo. ¿Es que no te importa mi futuro? ¿Antepones tu nuevo pasatiempo a lo que podría haber sido una gran carrera? No tenías por qué dedicarte a entrenar en la empresa. Podías haber hecho otra cosa. Vender pants, por ejemplo.

A partir de este momento, y por lo que resta del capítulo, el cerebro del Conde Alexander toma un receso, se va al cine a ver una película y no se hace responsable de las tonterías que el Conde pueda decirle a su señor padre.

Gracias por su atención. Regresamos a nuestra narración.

—No voy a permitir que me hables así. Mientras vivas en mi casa, no me vas a hablar así.

—Entonces tal vez sea hora de cambiarme de casa.

—¿Y adónde te irás? No creas que porque llegaste a la empresa ya eres dueño del mundo. Te falta ahorrar mucho.

—Pues al menos tengo gente que se preocupa por mí y que no me da la espalda.

No pude evitarlo. Mis lágrimas comenzaron a brotar. Sabía que, si volvía a abrir la boca, no podría contener el llanto, de modo que no dije nada más y salí de casa.

Me quedé dando vueltas a la manzana, esperando a que mi papá se fuera a la arena a dar sus clases. Cuando estuve seguro de que no me lo encontraría, entré a la casa, fui a mi cuarto y empecé a empacar mis cosas. Salí de ahí con mi maleta en una mano y tratando de cargar el arpa con la otra.

Cuando por fin me subí a un taxi rumbo a casa de mi abuelo, me acordé de que no le había dejado ninguna nota de despedida a mi mamá.

11

✦ ESTO APESTA ANTES DE LOS TRES DÍAS ✦

Ni crean que me voy a hacer la víctima. Tampoco me las daré de gran rebelde. Fui muy impulsivo, y a las dos horas de haberme ido de la casa ya quería regresar, pero no podía hacerlo: mi orgullo me lo impedía… y también el hecho de que olvidé las llaves en mi recámara cuando empaqué mis cosas. Continué con mi plan original y me dirigí a casa de mi abuelo. Las cosas no salieron como esperaba.

—Por supuesto que nieto consentido poder quedarse aquí… a partir de la próxima semana. Casa estar en fumigación y nosotros irnos a pasar unos días con Exterminador y encantadora esposa; nosotros usar cuarto tuyo. Ellos prometernos muchas películas viejitas que tanto gustar a ruquito Maravilla.

Vladimir y el Caballero Galáctico tampoco podían darme asilo, pues tenían visitas de fuera de la ciudad y su casa estaba llena. Mi profesor, sin embargo, no me dejó desprotegido y me prestó un duplicado de las llaves del gimnasio, para que al menos no me quedara en la calle esa primera noche.

Qué diferente es el gimnasio de madrugada, cuando no hay nadie entrenando. Quise tocar un rato el arpa, para pasar el tiempo, pero no lo disfruté como en otras ocasiones. Hacía algo de frío, así que me puse a levantar pesas y a hacer un poco de cardio para entrar en calor. Cuando por fin me dio sueño, acomodé unas colchonetas y los sarapes que me habían prestado y me dormí.

No sé bien cuánto tiempo pasó —juraría que no fueron tantas horas como me hubiera gustado— hasta que alguien tocó mi hombro.

—Muchacho, arriba, ya es hora de abrir.

Era el Caballero Galáctico, quien llegó muy puntual a las siete de la mañana para abrir el negocio.

—Toma, te traje tamales y atole para que desayunes. Pero después haces media hora extra de bicicleta, no podemos dejar que te salga panza.

—Ay, profesor. ¿Qué voy a hacer? Me quedé sin familia.

—No exageres. Te peleaste con tu papá, pero puedes disculparte. Conozco bien a mi parejita: cuando se le pase el coraje, sin duda te recibirá con los brazos abiertos. A lo mejor te aplica una quebradora y unas patadas voladoras a la quijada, pero después te dará un abrazo y todo quedará olvidado.

—¿Usted cree?

—Tú lo conoces como papá, pero tiene muchas facetas más; no es sólo ese rudo insensible que crees. Ahora necesito que me ayudes. ¿Puedes encargarte un rato del gimnasio? Tengo que ir a ver al doctor. Anoche estornudé un par de veces, mejor voy a que me revise para asegurarme de que no es nada grave.

—Oiga, profe, ¿cuándo fue la última vez que le dio catarro?

—Hace unos cinco años. Me contagiaron en la sala de espera del consultorio.

★✦✧

A mediodía, una vez que el Caballero regresó de su consulta (aunque no tenía nada, se compró no sé cuántas cosas en la farmacia), me fui a la Arena Catedral para entrenar. Mis compañeros y el Cordobés se quedaron muy extrañados al verme llegar con el arpa y la maleta. Varios se reían mientras realizaban los ejercicios de calentamiento y yo batallaba para llevar el arpa a los vestidores. ¿Por qué no les ponen rueditas a estos instrumentos?

Después del entrenamiento, el Cordobés me llamó a su oficina. Pensé que me iba a regañar por haber llegado con tantas cosas, pero estaba equivocado.

—Muchacho, sé que, según el programa, hoy te toca descanso, pero me acaban de avisar que Tormenta Barragán no podrá luchar hoy.

—¿Se lastimó?

—No, perdió el avión.

—¿No se acuerda dónde lo dejó?

—Los rudos no hacen chistes…, al menos no tan malos como los tuyos. ¿Puedes reemplazarlo?

—Con gusto, profesor. Sólo voy a casa por mis cosas.

—¿Y qué traes en la maleta?

—Eh, nada. Es que se nos descompuso la lavadora y tengo que encontrar una lavandería.

—Está bien. Ve por tu equipo y regresa pronto. Subirás en la tercera lucha: no te conviene llegar tarde.

—No se preocupe.

Y me marché lo más rápido que pude —lo que, para ser sincero, fue bastante lento—. No es nada fácil transportar un arpa; son pocos los taxis capaces de llevarte con un instrumento de tal magnitud. Para evitar complicaciones, me fui al hotel que estaba a seis calles de la arena y pedí una habitación. Dejé la maleta y el arpa y, ya más ligero de equipaje y con la certeza de que tendría dónde dormir cómodamente por unos días, me encaminé al gimnasio del Caballero Galáctico. Por suerte, ahí siempre guardo un traje del Conde Alexander para cualquier emergencia.

Llegué al gimnasio y encontré a mi profesor y a Vladimir repasando un cuaderno. A mi petit máster se le había olvidado hacer la tarea y tenía que resolver no sé cuántos ejercicios con fracciones para que no lo reprobaran en matemáticas. Entre el Caballero y yo tratamos de explicarle cómo se hacían. Dos horas después logramos acabar la tarea, convencidos de que al menos nos sacaríamos un seis (más de eso sería mucha suerte).

Vi el reloj y me di cuenta de que faltaba menos de una hora para la función. Abrí el casillero, saqué la maleta y me fui corriendo a la arena. Lo bueno fue que llegué a tiempo y me puse a platicar un rato con los Hermanos Navarro. El Chino había terminado de leer la antología que le presté y me mostró los poemas que más le habían gustado. Le prometí que después le prestaría otro libro. Me senté en una banca, abrí la maleta para sacar mi ropa, y fue entonces cuando conocí lo que era el terror: sólo contenía pastillas, vendas, agua oxigenada, algodón… ¡Puras medicinas y ningún equipo de luchador! ¡Me había traído la valija del Caballero Galáctico! ¡Y la siguiente lucha era la mía! No se imaginan las carcajadas de mis compañeros cuando supieron qué me pasaba. A buena hora se les ocurría tener sentido del humor a los rudos. Le pedí a un chavo del staff que consiguiera una máscara del Conde de las que vendían afuera de la arena, y el Jinete, el único de mi talla, me prestó sus mallas (¡no eran del mismo color que las mías!) y sus botas (aunque me apretaban un poco, pude abrochármelas sin grandes problemas).

—Conde, no encontré tu máscara —me dijo el asistente apenas regresó a los vestidores.

—¡¿Cómo?!

—Estaban agotadas. A la gente les gustan y se venden muy bien.

—¡¿Y ahora?! No puedo salir así, con la cara al aire.

—Te traje esta otra.

—¡¿Golden?! ¿Me trajiste una máscara de Golden Fire?

—Era la única que había. Todas las demás eran para niño.

—Trae acá —le arrebaté la capucha y me la puse—. Chino, amigo, échame una mano. Trae tu plumón, por favor. Dibújame unas grecas, unos adornos. Algo para no parecerme tanto a esa lagartija.

Y el Chino Navarro, carcajeándose, hizo su mejor esfuerzo para decorar la máscara.

—Lucha especial, es su turno —anunció uno de los encargados.

"Que sea lo que los dioses de la lucha quieran."

En cuanto sonó mi música y me anunciaron, salí por la pasarela rumbo al cuadrilátero. La gente me vio y estalló en abucheos. ¡No creían que fuera yo el que había subido a luchar! Tuve que portarme el triple de rudo para convencerlos. Pobres de mis rivales, los hice picadillo. Al final, tomé el micrófono y dije:

—Véanme bien. Hasta con trapos ajenos y apestosos sigo siendo el más rudo de esta arena. Golden Babas, si estás por aquí espiándome, disfruta el momento, porque será la única vez que tu máscara esté del lado de los triunfadores.

A la gente ya no le quedaron dudas de que se trataba de mí… y una vez más intentaron lincharme. A duras penas llegué a los vestidores sano y salvo.

El Cordobés me dio mi paga con una gran sonrisa en los labios. Más bien, con una carcajada. De seguro le habían chismeado lo que pasó.

Por la noche, ya en el hotel, y para tratar de conciliar el sueño, me puse a tocar el arpa. No pasaron ni cinco minutos cuando sonó el teléfono de mi habitación. Fueron tantos los huéspedes que se quejaron por mi escándalo, que me devolvieron el dinero y me corrieron.

Así que tuve que dormir otra vez en las colchonetas del gimnasio del Caballero Galáctico. Menos mal que no se les ocurrió llevarse los sarapes.

Señorita editora, le prometo que el próximo capítulo no será tan trágico.

Que tenga bonita noche.

12

✦ LA MÁSCARA QUE DERRAMÓ EL VASO ✦

—¿Cómo que no pensaste en mí? Te habría recibido con los brazos abiertos. No puedo creer que hayas preferido dormir en colchonetas en un frío gimnasio, en vez de venir a mi cómoda e intelectualmente estimulante casa.

—Es que me corrieron del hotel por tocar el arpa en la noche.

—Y aparte te fuiste a un hotel.

—Están fumigando la casa de mi abuelo…

—Deja de poner pretextos. Sabes bien que te habría dado posada aquí.

—Tía, no me hagas dramas. Se me olvidó buscarte, discúlpame. Tengo muchas cosas en la cabeza.

—Es obvio que yo no ocupo un lugar en tu pensamiento, a pesar de todo lo que he hecho para cultivar tu espíritu. Tan fácil que hubiera sido decirme: "Tía, ¿me puedo quedar unos días contigo?". Te habría dicho que sí encantada de la vida. Pero ya es muy tarde. Si quieres seguir en el gimnasio hasta que al necio de tu padre se le pase el enojo, allá tú.

—Tía…

—No me hables. Nada de lo que me digas hará que te perdone.

—Sabes que regreso tarde después de luchar. Te despertaría todas las noches, y tú entras temprano a la escuela.

—Pretextos. Te habría dado encantada mi cuarto de servicio. Tiene su propia entrada y es lo suficientemente grande para ti; hasta cabe esa arpa endemoniada, y nadie te oiría mientras practicas.

—Tía…

—Pero a ti no se te ocurrió, porque estás muy ocupado con tus dramitas. No sé de quién heredaste lo berrinchudo…

—Tía…

—Olvídalo. No puedo perdonarte.

—Tía, ¿me puedo quedar unos días contigo? Me encantaría que pasáramos las noches leyendo poesía juntos.

—Mi'jito, claro que sí. Me siento honrada de que me lo pidas. Toma la llave.

—Gracias, tía.

#@#@

Horas después, leyendo mi revista *Gladiatores,* en el gimnasio…

GOLDEN FIRE SENTENCIA AL CONDE ALEXANDER
Por J. Lázaro R.
Fotos: Landrú

Muy cara le puede salir al Conde Alexander su ocurrencia de subir a luchar con una máscara de Golden Fire. Lo que para algunos aficionados fue una simple broma, para Golden resultó ser algo personal.

"Eso que hizo el mugre aterciopelado no se va a quedar así. No sólo me faltó al respeto saliendo a luchar con una máscara mía; además se atrevió a pintarrajearla. Eso es imperdonable. Tan bonita que se ve mi máscara así, sin tanto adorno", dijo el ex campeón nacional wélter en entrevista exclusiva concedida a *Gladiatores*.

"Condecito, si ya no te alcanza el dinero para hacerte máscaras, ese no es mi problema. Te prometo que de ahora en adelante, cada vez que te vea en un ring, voy a hacer pedazos tu capucha, así que mejor ponte a ahorrar, porque hasta nuestra lucha de apuesta, yo me encargaré de que tus trapos de terciopelo barato queden inservibles."

Y remató: "De una vez te digo que pienses bien en quién será tu sécond para nuestro combate máscara contra máscara. Yo ya le pedí al Exterminador que esté en mi esquina ese día".

Lo que tal vez fue un chiste del rudo sensación puede convertirse en la chispa que hacía falta para que Golden Fire encienda su fuego y busque, de una vez por todas, enviar a la hoguera a su rival.

Cerré furioso la revista y la aventé lejos de mí.

—¡¿Cómo se atreve ese Pecas a pedirle a mi padre que esté en su esquina?! Esto es la guerra. A ver, Vladimir, necesito un reporte muy detallado. Tenemos que planear la estrategia desde ahorita.

—…

—¿Vladimir?

—Anoche vi las estrellas…

—¿Estás bien, Vladimir?

—¿Eh?, ¿decías?

—¿Qué tanto escribes en ese cuaderno?

—Nada, nada. Una carta para Leonor.

—¿Y eso?

—Ya me decidí. Voy a invitarla a salir.

—¿En serio?

—Sí. Mira la carta que me mandó.

—"Querido Vladi: No sólo bailas muy bien, aparte eres encantador y me gustaría que nos conociéramos mejor. Ojalá que algún día me invites a salir. Nada me gustaría más. Me encanta que vivamos tan cerca." Oye, Vladimir, qué fea letra tiene Leonor. Mira nada más, a duras penas se entiende su firma. Más bien parece tachón.

—¿En serio te vas a fijar en eso?

—No, sólo decía. Pero felicidades. ¿Ves cómo la serenata sí sirvió?

—Nunca pudimos cantarle.

—La intención es lo que cuenta, amigo.

—Oye, ¿decías algo de los reportes?

—Eso puede esperar. Ahora tenemos que preparar todo para cuando salgas con ella.

Fuimos al parque para pensar adónde sería bueno que mi petit máster la llevara… y nos regresamos de inmediato al gimnasio porque se soltó una tormenta espantosa y ninguno de los dos traía paraguas.

13

★ ESTE CAPÍTULO SERÁ BREVE, PARA QUE NO DÉ MALA SUERTE ★

Gladiatores presenta:
"Un día en la vida de Golden Fire"
Por Landrú. Cámara: J. Lázaro R.

7:00 a.m.

—Amigos aficionados, nos encontramos en el gimnasio de la Arena Catedral. Golden Fire nos ha invitado a conocer cómo es un día en la vida del técnico de moda.

—Gracias por acompañarme. Hoy voy a empezar con una rutina de calentamiento. Bicicleta, caminadora, ejercicio cardiovascular para hacer buena condición física. Después, series de pesas para fortalecer los músculos. Y para terminar, otra rutina de cardio, para relajarme después del esfuerzo de las pesas.

—Golden, es muy temprano. ¿Siempre madrugas?

—Así es. Trato de venir a esta hora porque no hay tanta gente en el gimnasio y eso me ayuda a concentrarme mejor. No te creas que sólo hago ejercicio a lo loco. Me gusta idear nuevos castigos, nuevos vuelos. Todo el tiempo busco innovar, para que la gente no se aburra de mí.

9:00 a.m.

—Pues aquí seguimos, amigos, con Golden Fire, quien después de haber hecho sus ejercicios se dispone a desayunar.

—No lo olviden, una buena alimentación siempre será clave, no sólo para el deporte, sino para estar sanos y fuertes. Este consejo les doy, porque su amigo Golden Fire yo soy.

—Aquí está su sope y tres pambazos, joven. Ahorita le traigo el refresco.

—Güerita, hoy no. Qué no ve que me están grabando. Tráigame un plato de fruta y luego una ensalada de atún y un jugo de naranja.

—¡Jajajajaja! No había hecho un chiste tan bueno desde que dijo que me iba a dejar propina.

—Eh, señor Landrú, esto no va a salir en el video, ¿verdad?

—No, Lázaro editará esa parte.

—Gracias. Ahora, si no les molesta, ¿podrían apagar la cámara? Tengo que quitarme la máscara para desayunar.

—Claro.

—A ver, güerita. Ya no hay cámaras, olvide lo que dije. Tráigame esos pambazos y el sope.

11:00 a.m.

—Y continuamos al lado de Golden Fire. ¿Adónde nos dirigimos?

—Vamos a buscar fruta, carne. Todo lo necesario para una buena comida.

13:30 p.m.

—¡Me rindo! ¡Es imposible encontrar algo bueno en este mercado! ¡¿Ya vieron los precios de la carne?! ¿Y en serio cuestan eso los limones? Decidido, hoy no cocino. Vamos, señores, les invito unos tacos allá enfrente.

16:30 p.m.

—Amigos, estamos otra vez en el gimnasio de la Arena Catedral. Golden ya comió, ya hizo la digestión y ahora tiene su sesión de entrenamiento con el Exterminador. Por respeto a Golden, vamos a apagar las cámaras, pues nos ha pedido que no grabemos esto.

—Que quede bien claro, Conde Alexander: si pido que paren el reportaje es porque no confío en ti y no voy a dejar que me espíes.

18:50 p.m.

—Ya terminó el entrenamiento con el Exterminador, amigos, y nuevamente podemos mostrar a los seguidores de *Gladiatores* cómo Golden Fire cierra un día de intenso trabajo.

—Quiero aprovechar las cámaras de Gladiatores para agradecer su apoyo y presentar a mi maestro. Profesor Exterminador, gracias por todo lo que ha hecho por mí en estas semanas. Siento que soy otro a la hora de luchar.

—Exterminador, usted siempre fue un gran rudo. Ahora, en cambio, es un maestro al que buscan mucho los jóvenes. ¿Cómo es entrenar a un técnico de la talla de Golden Fire?

—El muchacho tiene facultades y maneja un estilo que yo no practicaba. Quienes me vieron en acción saben que lo mío era la rudeza y la lucha pegada al piso, y eso es lo que trato de enseñar a mis alumnos. Casi todos saben volar, y muy bien; mi trabajo es que tengan los recursos suficientes para sorprender a sus rivales con una buena llave o un buen castigo.

—En efecto, profesor, desde que usted me entrena siento que estoy descubriendo lo que es la verdadera lucha libre.

—Pues ahí lo tienen, amigos aficionados. Gladiatores les ha traído este emotivo momento entre maestro y alumno. Esperamos que les haya gustado el reportaje "Un día en la vida de Golden Fire".

#@#◎

A continuación, *Mercado de lágrimas* presenta: "El Exterminador entrena al hijo que nunca tuvo".

—Joven Golden, permítame felicitarlo. Es usted muy bueno. Si sigue como va, seguro ganará la máscara del Conde Alexander.

—Gracias, don Exterminador. Pero, sin sus enseñanzas, todo esto que hago no sería posible.

—Ojalá hubiera tenido un hijo luchador tan bueno como usted.

—Pues aunque no sea mi padre, yo siempre lo veré como uno.

—¿Quiere ir a mi casa a ver una película triste?

—Me encantan las películas tristes. Siempre me hacen reír.

—¡Al fin alguien que sabe apreciar el cine! Vamos. Mi esposa estará fascinada de tener a un verdadero luchador conviviendo con nosotros.

—Por favor, después de usted.

#@#@

¡AAAAAAAAAAAAAAH! Tengo que dejar de cenar sushi y ver reportajes de lucha libre antes de dormir.

14

★ CUANDO EL REPORTERO SE VA, ★ LA VERDAD SALE A FLOTE

Señorita editora, ¿por qué seguir ensuciando estas páginas con reportajes de Golden Fire? Le juro que el número 13 no es de mala suerte, pero tampoco se trata de echarlo a perder dedicándoselo a la lagartija. Mejor deme chance de escribir el chisme que me contó mi mamá hoy que fui a visitarla a la casa (cuando mi papá no estaba, por supuesto).

#◎#◎

Aquella tarde, el grupo de entrenamiento del Exterminador recibió una visita muy especial.

—Señor Exterminador, usted será muy leyenda, pero eso que le quiere enseñar a mi muchacho ya no se usa.

—¿Perdón?

—No tiene que disculparse. Entiendo que usted es de otros tiempos, pero debe modernizarse. Mi muchacho va que vuela para ser el nuevo ídolo de la lucha libre (gracias a mí, por supuesto); si se empeña en ponerlo a luchar como viejito, arruinará todo lo que he hecho por él…

—A ver, niña, no te estoy pidiendo perdón. Quise decir que no entendí lo que me decías.

—Es muy fácil. Los tiempos cambian y uno tiene que adaptarse. Sé que cuando usted luchaba se usaba otro estilo, pero tenga en cuenta que ya todo el mundo tiene tele a color y celulares; ya hay internet gratuito en muchas partes del país…

—¿Qué estás insinuando?

—Ya sé que usted no puede hacer vuelos o castigos modernos, por su edad; capaz que se lastima y ya no queda bien. Pero a la gente no le gusta sólo lo clásico…

—Mira, niña. En primer lugar, no sé quién eres ni quién demonios te dejó pasar. Estas clases no son públicas. En segundo lugar, yo no estoy peleado con la lucha aérea. Ahí tienes a figuras como Black Man y Lizmark,

que fueron aéreos, pero antes que eso eran luchadores de verdad, con recursos y buen llaveo, y eso es lo que trato de transmitir a mis alumnos. Y en tercer lugar, ni siquiera tendría que explicarte nada.

—Pero hay que actualizarse, señor. Además, mi muchacho es el técnico consentido de muchas arenas. Si le cambia el estilo, afectará su popularidad. Podríamos demandarlo por daños a su fama.

—Mira, chamaca. Repito. No sé quién eres ni cómo te permitieron entrar aquí; tampoco tengo idea de quién es tu muchacho ni de qué época crees que soy. Y si quieres que te diga la verdad: ¡no me importa!

—No se enoje. A su edad no es bueno hacer corajes.

—Me encuentro en perfecto estado de salud. Y estás en mi gimnasio.

—Usted no es el dueño de la arena.

—Okey. Te la pongo de otra manera. Estás invadiendo MI GRUPO de entrenamiento. Y a menos que me demuestres que eres alumna de la escuela de esta empresa, no tienes derecho a estar aquí.

Se escuchó una voz al fondo:

—Disculpe, profe, ¿seguimos dando vueltas a las gradas?

—No, Golden. Súbanse al ring y practiquen en grupos las salidas de bandera. Ahorita les pongo ejercicios de llaveo.

—Perdón, señor Exterminador, no hablaba con usted, sino con mi profe Karla. ¿Seguimos dando vueltas a las gradas?

—Golden, querido, acuérdate de que no puedes hablar en los entrenamientos. Te vas a cansar más rápido. Y sí, diles a los muchachos que den dos vueltas más y luego suban al ring para practicar los puentes olímpicos. Ya después veré qué ejercicios les pongo.

—Momento, niña. Tú no tienes permiso para dar instrucciones a mis alumnos ni dirigir mis entrenamientos.

—¿Y no le gustaría que lo ayudara? Yo podría convertirlo en un mejor maestro. En seis meses sería el más solicitado. Se lo garantizo. Si no le gustan mis métodos, no me paga. Aquí tiene mi tarjeta: "Karla, experta en lucha libre y redes sociales". Hago y deshago leyendas antes de la hora de cenar.

—¡Largo de aquí!

—Piénselo bien. También puedo cambiarles la vida a viejitos como usted, que aún tienen algo que dar.

—¡Largo de aquí!

—¿No tiene Facebook o Twitter? Yo puedo hacerle unas campañas que se convertirían en trending topic. Se lo garantizo.

—¡Quítenme a esta niña de enfrente!

—Piénselo. Si le consigo más alumnos, se le va a quitar ese carácter de perro que...

—¡Seguridaaaaaaaaad!

Llegaron los guardias y sacaron, con cierto trabajo, a esa niña capaz de hacer que los suéteres se pongan de moda en el infierno.

El Exterminador estaba tan enojado que dio la tarde libre a sus alumnos; tomó sus cosas y se fue, no sin antes decirle a Golden que de ninguna manera sería su *sécond* después de eso. Ya en casa, no quiso hablar con nadie durante la cena. Dice mi mamá que trató de animarlo poniéndole películas, pero ni así logró que se le pasara el coraje.

Yo, por mi parte, estuve toda la tarde con Vladimir y mi tía seleccionando los mejores versos para que mi *petit máster* pudiera declamárselos a Leonor cuando salieran.

Ay, mi *petit máster*. Qué sorpresa se llevaría unos días después.

15

✦ DOS CITAS CON EL DESTINO ✦

—¡No me voy a poner traje y corbata! La voy a invitar al cine, no al ballet.

—¿Y por qué no al ballet, Vladimir? Puede ser muy romántico. ¡Uy, me acuerdo de cuando lo practicaba! A mi papá no le gustaba. Mi mamá, en cambio, me dejaba zapatillas nuevas en mi cuarto, de sorpresa. ¿No sabes si ya estrenaron *El cascanueces*?

—No sé.

—Qué lástima que ya no pongan *El lago encantado*. Seguramente le habría gustado a Leonor. La habría dejado *encantada*. ¿Entiendes? *¿El lago encantado?* ¿Leonor encantada? Ay, ya, Vladimir, quita esa cara.

—No la voy a llevar al ballet. Al cine y por un helado; a lo mejor también al parque a patinar, pero no más.

—¿No quieres traerla al gimnasio? Yo podría tocar el arpa mientras ustedes cenan. ¿Se les antoja un espagueti?

—¿Sabes cocinar?

—No, pero soy muy bueno pidiendo comida al restaurante que está a la vuelta.

—Tú no sabes tocar el arpa. Y no intentes demostrarme lo contrario. Pobre de la arpista del recital, con razón salió huyendo de la ciudad.

—¿Cuál huir de la ciudad, exagerado? Ya te dije que está reposando en su casa; pronto le van a dar permiso de salir.

—¿Qué le pasó? ¿Hablaste con ella?

—No me contestó la llamada. Pero me mandó un audio por Whats para contarme que una planta carnívora le había mordido un dedo y se le había infectado la mano.

—Si ella lo dice... Con razón andas tan sensible. Te pasas de cursi.

—A ver, chamaco, no me cambies la conversación. ¿Ya pensaste lo que le vas a decir a Leonor?

—Sí, lo anoté y lo estudié bien.

—¿Y sí está en su casa? No vaya a ser que caigas de sorpresa y te encuentres con que salió.

—Sí, ya le mandé mensaje para preguntarle si podía llevarle algo a su mamá, de parte de la mía.

—¿Y te creyó ese pretexto?

—No es pretexto. Mi mamá tenía el cargador de su celular y me pidió que se lo entregara.

—Está bien. Pues al mal paso darle prisa.

—¿Y por qué voy a dar un mal paso?

—No, Vladimir...

—Traigo mis tenis nuevos, que me sujetan bien el tobillo.

—Quiero decir...

—Y tienen suela antiderrapante. Los compré en el mercado. Fui la semana pasada. ¿No te conté? Se me acercó un perro que…

—¡Vladimir, no te distraigas! ¿Ya sabes cómo vas a invitar a Leonor?

—Ay, sí, ya. No te preocupes. Lo hago así, en caliente, sin que se note que estoy nervioso. ¿Me llamas un taxi?

—Claro: eres un taxi.

—¡No estoy de humor para…!

—A ver, tranquilo, Vladimir, respira. Leonor vive en tu edificio. Y el cine está a dos cuadras. No necesitas taxi.

—Está bien, deséame suerte. Nos vemos al rato.

—Oye, Vladimir. El baño está goteando. ¿Ya llamaron al plomero?

—No pasa nada. Lo arreglo en la noche.

Y mientras mi petit máster iba a casa de Leonor, decidí que yo también tenía que hacer a un lado mis miedos y fui a visitar a la arpista. El Caballero Galáctico me había dado una pomada muy buena para las infecciones de la piel, y ese era el pretexto ideal para visitarla.

Dos horas después: "¡Cómo soy bruto! Debí haber sospechado que lo de la planta carnívora era puro choro".

Bueno, más o menos. La arpista sí tiene una planta carnívora (subió muchas fotos de ella en Instagram), pero ésta nunca le mordió el dedo. Sus razones para no verme eran muy diferentes.

Llegué muy feliz a la calle donde vive, con la pomada y un ramo de rosas (había pensado en comprar sólo once y ponerle una nota que dijera: "Tú completas la docena", pero el señor que me atendió soltó tal carcajada que me desanimó). Cuando me faltaba una cuadra para llegar a su casa, la vi salir. Aceleré el paso para alcanzarla, pero en eso ella cruzó la calle y se encontró con un chavo que la abrazó y ¡la besó! Y eso no fue lo peor. ¡El chavo era Golden Fire! Bueno, no Golden con la máscara, pero ¡era el Pecas! Logré frenar en seco. Para que no me vieran me cubrí la cara con las flores y me pegué a la pared. La pareja pasó a mi lado sin darse cuenta de que era yo a quien casi pisaron. Y para rematar, en ese instante descubrí que soy alérgico al polen. Triste, regresé al gimnasio del Caballero Galáctico.

—¿Cómo puede ser posible, profesor?

—No te preocupes, ahorita te hace efecto el antihistamínico.

—No, profe. Me refiero a la arpista. ¿Le gusta el Pecas? Pero si hasta me mandaba mensajes para que no faltara a las clases.

—Muchacho, en el corazón no se manda.

—Pero ¿el Pecas? Juraría que la conquistó sólo para hacerme enojar. Esto lo va a pagar muy caro en el ring, con mi corazón nadie se mete.

Mi maestro soltó una carcajada tan fuerte que le dio un ataque de hipo y se fue al doctor para que se lo curara.

Estaba por cerrar el gimnasio e irme a casa de mi tía, cuando llegaron Maravilla López y Tetsuya.

—Si nieto maravilla no ir a la montaña, viejo con piel de cascajo venir a él.

—Hola, abuelo. Qué sorpresa.

—Las sorpresas con pan ser buenas, pero entrenamientos con abuelo ser mejores. Si Golden pensar que Exterminador ser clave para victoria, él no saber que Maravilla haber sido maestro de Exterminador. Pero, eso sí, muchacho tener que comprometerse y ser disciplinado.

—No te preocupes, abuelo. Desde hoy, cero distracciones. Se les acabó su rudo sentimental y sensible. Golden Fire sabrá de lo que soy capaz cuando me enojo.

Y ahora fue el turno de Tetsuya de carcajearse y provocarse un ataque de hipo.

✶✶✶

Mi abuelo y Tetsuya se fueron a mi casa para la sesión de películas que les habían prometido mis papás. Me habría encantado acompañarlos, pero no estaba de humor. Primero Golden me robaba a mi papá, y ahora a la arpista. Era mejor irme a casa de mi tía y descansar un rato. Además, las siguientes semanas serían muy pesadas. Tenía luchas casi todos los días, y varias eran fuera de la ciudad. El Conde Alexander conquistaría la República una vez más.

No había recorrido ni dos cuadras cuando recordé que debía regresarle las llaves del gimnasio a mi profesor. "Supongo que ya salió del doctor", pensé mientras caminaba hacia su casa. Pero, para mi sorpresa, quien me abrió fue Vladimir.

—¿Qué haces aquí? ¿Ya acabó la película?

—No fuimos al cine.

—¿Qué? ¿No la invitaste, chamaco? Si ya te habías animado.

—Sí la invité.

—¿Y entonces? No me digas que se quedaron en su casa viendo Netflix. Eso es lo malo de estas generaciones. Todo lo quieren hacer con sus smartphones y sus tablets. Tienen que salir más.

—No estoy de humor para tus discursos de viejo amargado.

—Oye, Vladimir, tranquilo. ¿Qué te pasó?

—Me pasó que Leonor aceptó mi invitación encantada, ¡siempre y cuando nos acompañara su novio!

—¿Qué?

—¿Y sabes qué es lo peor? ¡Karla se lo presentó!

"Muy bien, Karla y Pecas. Se metieron con nuestros corazones. Esto no se va a quedar así."

16

✦ UN MOMENTO INCÓMODO LO TIENE CUALQUIERA ✦

—Ándale, tía, el último juego y ya.

—Okey. Pero concéntrate.

—Estoy listo.

—Tienes que conseguir cinco aciertos en un minuto o menos. Empezamos. Según Bécquer, ésas no volverán jamás.

—¡Volverán las oscuras golondrinas!

—Según sor Juana, ¿a quién adoro y a quién maltrato?

—¡A quien mi amor maltrata y a quien mi amor busca constante!

—Darío dijo a Margarita…

—¡Está linda la mar!

—No he terminado. Le dijo que lleva…

—¡Esencia sutil de azahar!

—Llegó el tren, el niño comió y salieron todos del taller.

—No recuerdo ese poema.

—Hay muchas más artes. Y ahora me refiero a la que tu mamá domina.

—¡Las películas de los Lumière!

—Y, por el campeonato de las artes, te quedan veinte segundos. En Castelfranco nació y *La tempestad* pintó.

—¡Girgione!

—¡Correctooooo!

—¡Sí, soy el campeón! Y reto a cualquiera a que me gane este cinturón. ¡Campeón, campeón!

—Bueno, ya. Me voy a dormir. Y por favor, si vas a ensayar con esa cosa del demonio que llamas arpa, no acabes muy tarde. Los vecinos tienen derecho a pasar una noche en paz.

—No te preocupes, tía. Mañana se vence la renta y la voy a regresar. Ya tuve bastante de esas cuerdas.

—¿Sigues enojado por la chica?

—No, se me están engarrotando las muñecas.

—Si tú lo dices. En fin. Que descanses, corazón.

Mi tía se fue a dormir. Yo lo intenté, pero empecé a dar vueltas en la cama y nomás no me quedaba dormido. Y, para colmo, en ese momento sonó mi celular.

No descansaré hasta vengarme.

¿Quién eres? No tengo este número registrado.

Ya estoy harto de tanto abuso.
Llegó la hora de la revancha.

Creo que me confundes. No te conozco.

¿Cómo que no me conoces? Te entreno todos los días con mi tío Galáctico.

¿Vladimir?

Obvio. ¿A quién esperabas?

Es que no reconocí el número.

Es mi nuevo celular. El otro se echó a perder con todo y chip.

¿Y eso?

Se mojó y ya no encendió.

¿Otra vez inundaste la casa?

¡Fue un accidente!

Está bien. Voy a guardar tu nuevo número.

Métete a Facebook. Golden te está retando de nuevo.

¿Ahorita? Ya me iba a dormir.

Mañana, si quieres. No te preocupes. Ya lo puse en su lugar.

> Eso sí. Ahora, además de la máscara, estás apostando el enganche de un carro.

> ¡Vladimir! Yo no gano tanto dinero.

> Tranquilo. Es un carrito de paletas. Con dos luchas lo pagas completo.

"Este niño me va a volver loco."

#◎#◎

Al día siguiente fui a la tienda de música para devolver el arpa. Pasé por el gimnasio del Caballero Galáctico y entré para saludarlo.

—¿Y ahora adónde vas con esa arpa? Ya te gustó pasearla.

—Se venció la renta, esta vez la regresaré para siempre.

—Nunca te escuché tocarla.

—¿Usted también se va a burlar?

—Hablo en serio, muchacho. Todos se quejaban, pero yo no recuerdo que hubieras ensayado delante de mí.

—Si quiere, le toco unas canciones.

Agarré una silla y me instalé. Calenté un poco muñecas y dedos, y comencé a tocar un son jarocho… o algo parecido. Mi profesor tenía una expresión rara. Me hizo una seña para que siguiera tocando, mientras buscaba algo en su maleta de medicinas. Sacó un pastillero. "De seguro ya le duele algo", pensé, pero estaba equivocado.

Se quedó con los ojos cerrados unos instantes, como si estuviera muy concentrado contando, y de repente ¡empezó a seguir el ritmo con su pastillero! Terminé la canción y de inmediato se puso a marcar otro ritmo. Esa vez fui yo quien se quedó un rato pensando, y cuando me sentí listo improvisé con las cuerdas. Qué bonita cumbia nos salió. Y después, una samba. Si hubiera habido alguien en el gimnasio, sin duda se habría puesto a bailar.

—Ahora sí tengo que irme, profesor. Gracias por el ensayo. Toca muy bien… las pastillas. Jejeje.

—Y tú el arpa… ¿Cómo decirlo? Mejor no dejes de luchar.

—Creí que estarías dando clases.

—Me tomé el día. Me cayó muy mal el sushi de tu abuelo. Lamento estropear tus planes.

—No estropeas nada, sólo digo que pensé que estarías en la arena.

—¿Vas a seguir reclamándome por haber aceptado ese trabajo?

—No dije nada.

—Pero conozco tus tonos.

Estaba a punto de contestar, cuando apareció mi mamá.

—Por favor, no peleen. Tengo que terminar de ver esta película para hacer mi reseña.

—¿Y por qué no fuiste al cine? —pregunté.

—Es para mi nueva sección. Una vez al mes voy a comentar películas antiguas. ¿Te quedas a comer?

—No sé. Había pensado ir a hacer pesas.

—El gimnasio no se va a mover de su lugar. No le rechaces la invitación a tu madre —respondió mi padre, firme.

—De acuerdo, papá.

—Bueno, pues entonces ayuda a poner la mesa. Yo me voy a recostar un rato.

—¿No comes con nosotros, cariño? —le preguntó mi mamá a su tierno y comprensivo marido.

—¿Qué parte de "tengo diarrea" no entendieron? Me voy a dormir. Buen provecho —y se retiró.

—Te juro, mamá, que no quería provocarlo.

—No le hagas caso, ya sabes cómo es. De seguro le dio gusto verte.

—¿Entonces por qué no se le nota?

—Tampoco pidas milagros, hijo. Pon de tu parte y entiéndelo.

Mi mamá y yo nos sentamos a comer y después nos pusimos a ver una película. Más o menos cuando iba por la mitad, empezamos a oír la máquina de coser de mi padre.

"Seguramente está haciendo otra máscara de Golden Fire. Ojalá que le quede horrible."

17

✶ LA VERDADERA CAMPEONA RUDA ✶

Era una noche oscura y tormentosa. No me quedó de otra más que dormir en casa de mis papás, y es que mientras veía la película con mi mamá, se soltó tal aguacero que se inundó la calle y no pude regresar con mi tía. Por suerte, aún no se habían deshecho de mis cosas, y mi recámara estaba tal como la había dejado…, con la cama sin tender y los platos sucios del desayuno en el escritorio.

—Gracias por el asilo —se me ocurrió decir. Grave error. Uno más.

—¿Qué piensas que somos? —dijo mi papá—. Esta es tu casa. Cuando se te pase tu berrinchito, puedes volver. Pero tienes que aprender a respetarme.

—¿Otra vez con eso? Tú también debes bajarle dos rayitas a tu genio. No todos vamos a tener tu carácter.

A ver, a ver, a ver. ¿Mi madre acababa de decir eso? ¿A mi papá? Obviamente, al simpático y comprensivo Exterminador no le gustó nada que lo confrontaran así. Eso no tenía buena pinta.

—¿Con qué derecho me hablas así?

—Con el que me da estar cansada de aguantar tus berrinches. Te quejas de que tu hijo es muy dramático, pero tú eres igual o peor. Te escudas tras tu discurso pro-macho-aguántese-aquí-no-pasa-nada, y ya se te pasó la mano.

—Oye...

—Sí, eras un rudazo arriba del ring, ¿pero ya se te olvidó que me conquistaste con tus detalles? ¿Recuerdas que me llevabas rosas al cine? Si hasta le pagabas al de la taquilla para que me diera una flor con mi boleto.

—Es que...

—¿Y te acuerdas de cómo te emocionaste cuando tu hijo tuvo sus dos espectáculos de ballet? Según tú odiabas que bailara, pero eras el primero en buscarle zapatillas decentes y se las dejabas en su cuarto, con todo y moño.

—Siempre pensé que habías sido tú, mamá.

No hubiera dicho eso.

—Y tú, por el amor de Dios, ya crece. Deja de echarle la culpa de todo a tu papá. "Que no me quiere, que entrena a Fire Golden y me va a ganar..."

—Es Golden Fire, mamá.

—¡No me interrumpas!

—¡...!

—Si no aprendes a distinguir entre el trabajo y la familia, no vas a llegar a ningún lado. Tu papá necesita dar clases para no sentirse un viejo inútil.

—¡Oye!

—Y si la empresa le ordena trabajar con un grupo, él tiene que hacerlo. Y si tú no sabes diferenciar la chamba de

lo personal, entonces, mi'jito, vas a sufrir mucho. Y deja de hacerte la víctima por todo. Te educamos para que te hagas responsable de tus actos. ¿Entendiste?

—Sí.

—¿Sí qué?

—Sí, mamá.

—Y ahora se me van los dos a dormir. Tú, a tu cuarto. Y tú —y señaló a mi padre—, al sillón, a ver si eres tan rudo.

—Buenas noches —alcanzamos a decir mi papá y yo, mientras mi madre daba un portazo.

#@#@

—Amigos aficionados, estamos de regreso para llevarles la lucha especial. Señor Landrú, vaya primera función que *Gladiatores Radio y Video* transmite desde la Arena Catedral.

—Así es, señor Alvin. Mejor debut no podíamos tener. De verdad que, esta vez, nuestro señor editor se lució.

—No sea modesto, señor Landrú. De acuerdo, Lázaro tuvo mucho que ver para que nos permitieran cubrir las funciones de la Empresa Internacional, pero usted también fue parte importante de las negociaciones.

—No, señor Alvin. Digo que Lázaro se lució con las tortas que preparó. Ah, bárbaro. Por más que le como, nomás no se acaba la condenada torta.

—Pues guárdela un rato, porque ya están sobre el ring los participantes de la lucha especial. Mano a mano, a una sola caída. Y es nada menos que uno de los combates ya clásicos: Golden Fire contra el Conde Alexander. Si hasta siento que fue ayer cuando los transmitimos desde la arena Tres Caídas.

—Y así fue, señor Alvin. ¿O ya se le olvidó que anoche ambos se presentaron nuevamente en la arena que los vio nacer? La verdad es que no sé cómo su garganta está entera después de dos transmisiones en vivo.

—Por supuesto que aún me acuerdo, míster Landrú. El Conde Alexander hizo equipo con el orgullo de Tlapanaloya, el Coloso Villedas, y vaya paliza que le pusieron a Golden Fire y al Tigre Ramírez. La gente estaba furiosa. Y ahora tenemos de nueva cuenta a estos jóvenes enmascarados y con sed de triunfo sobre un rombo de batalla.

—Ya empezaron las acciones. Golden Fire intentó sorprender con patadas voladoras, pero el Conde de Terciopelo estaba atento y se quitó a tiempo. El rudo toma la pierna de su rival y castiga con media estaca. Golden gira, tratando de romper la llave, pero el Enmascarado de Terciopelo no suelta la extremidad inferior del hombre del fuego de oro.

—Será un combate muy interesante. Está pactado a una sola caída, pero además hay límite de tiempo. Si no queda rendido uno de ellos antes de quince minutos, se declarará empate.

—Y hablando de declarar, vaya guerra de declaraciones la que estos dos jóvenes han dado en las redes sociales. Los ánimos están calientes, pero no dudamos que también hay nerviosismo. Está pendiente una lucha de máscara contra máscara, y ambos jóvenes hacen méritos para que la empresa les permita realizarla en alguna de las llamadas funciones grandes.

—Tan grandes como el golpe que el Conde acaba de darle a su rival. Hasta acá se oyó el raquetazo al pecho. Ya vemos que el rudo Alexander dejó de lado su fino llaveo y está azotando a Golden Fire contra los esquineros.

—Pues algo debió pasar en vestidores, señor Alvin, porque mire nada más qué arrastrada le está dando el Conde a Golden Fire. Hacía mucho que aquél no se mostraba tan rudo. Los estrellones contra el esquinero no fueron nada, comparados con la tunda que en este momento le está cayendo al científico. Ya lo mandó al juego de cuerdas, lo recibió de rodillas y lo proyectó con una pasada en todo lo alto, y después le descargó una serie de golpes con la mano cerrada. El réferi intenta amonestar al de terciopelo, pero éste nomás no le hace caso. Ahora da una patada al muslo de su rival, la cual está muy cerca de ser un golpe prohibido, y Golden sólo se retuerce del dolor. El rudo está decidido a no darle descanso a este exponente de la lucha aérea. Otra vez le castiga las piernas con un golpe casi ilícito. ¿No será que el réferi no quiere ver la falta? ¿Y qué está pasando? El Conde Alexander engaña al impartidor de justicia, haciendo que voltee hacia otro lado, lo que aprovecha para picarle los ojos a Golden Fire. ¡Vaya rudezas! Y ahora... ¡No puede ser, señoras y señores! ¡El Conde está mordiendo las manos de su rival! Golden Fire se queja del dolor y trata de zafarse, pero el Conde nuevamente lo lleva hacia los esquineros y le estrella la cabeza contra los tensores. No cabe duda, amigos aficionados, de que en esta ocasión lo único que tiene de terciopelo el Conde Alexander es la máscara, porque, por lo demás, ha vuelto a ser el rudo de antaño. Vean nada más cómo proyecta fuera del ring a Golden, y luego lo azota contra las butacas de las primeras filas.

—¡Mmh!

—¡Señor Alvin, por favor termínese su torta y reléveme, porque ya se me está cerrando la garganta!

—Usted disculpe, mi estimado Landrú. Tiene razón, las tortas que prepara Lázaro para los días de función son interminables. Hasta me dan ganas de llevármelas a mi casa, así no tendría que preocuparme por cocinar el resto de la semana.

—Señor Alvin...

—Y no vayan a creer que queremos promover una mala alimentación. Todo lo contrario...

—Señor Alvin...

—Estas tortas mágicas están hechas con bolillos integrales y alimentos bajos en grasas, aunque, eso sí, tienen una cantidad de salsa que qué bárbaro. Si uno no se toma un antiácido antes de dormir, va a sufrir.

—Señor Alvin...

—Pero no negarán que ese queso, el aguacate y las rebanadas de jitomate les dan un sabor sensacional.

—¡Señor Alvin, olvídese de las tortas eternas! ¡Ya se acabó la lucha!

—¿Cómo, señor Landrú? ¿Ya pasaron los quince minutos?

—No. Lo que ocurrió fue que, como el Conde se voló la barda con sus maldades, el réferi ya no pudo

tolerarlo y lo descalificó. Mire nada más a la gente, está furiosa con el Enmascarado de Terciopelo.
Y parece que a éste no le importa haber perdido.
Él continúa con su labor destructiva. Ya rompió la
máscara de Golden Fire y ahora está desgarrándo-
le las mallas. Esto ya es una afrenta imperdonable.
Mire nada más cómo quedó el técnico, maltrecho
y como si lo hubiera arrollado una aplanadora.
Y para colmo lo avienta una vez más contra las
butacas.

—¡Se acabó!

—Sí, señor Alvin, ya le había dicho que la lucha se acabó por descalificación. Ganó Golden Fire.

—No, señor, me refiero a la torta de Lázaro. Ah, bárbaro, cómo me hizo sufrir. ¿Me regala un traguito de su refresco, para bajármela? No quiero que me dé hipo.

—¡Señor Alvin, haga el favor de no distraer a nuestra audiencia con sus líos estomacales! Mejor escuchemos lo que tiene que decir el Conde Alexander, que ya tiene el micrófono.

—¡Te lo advertí, lagartija! ¡No eres rival para mí! Ya me cansé de que te entrometas en todo. Exijo que ya se realice nuestra lucha máscara contra máscara. ¡Te voy a dejar con la cara al aire!

—Mira, tramposo, hay que tener educación. Primero se saluda: ¡buenas noches, Arena Catedral! Yo también exijo que ya sea el duelo de apuesta, porque me urge estrenar mi vitrina. Aunque tal vez usaré tu máscara para limpiar el baño de mi casa.

#@#◎

Esa noche, ya en vestidores, se me acercaron varios de mis compañeros para decirme que se me había pasado la mano. Cosmonauta incluso me recomendó consultar a un psicólogo, porque, en su opinión, yo tenía unos pequeños problemas de ira contenida. Sólo los Hermanos Navarro no me reprocharon mi exceso de rudeza.

Salí de la arena y me dirigí, feliz, a casa, donde dormí muy cómodo, con la conciencia tranquila por haber puesto en su sitio al destroza-familias y roba-arpistas que pretende ser ese Pecas.

Al día siguiente, por la tarde, fui a casa de Vladimir para nuestra acostumbrada sesión de estudio.

—Hola, muchacho. Si buscas a mi hijo, lamento decirte que no está —su madre me recibió con estas palabras.

—¿Tarda mucho? ¿Fue al gimnasio de su tío?

—No. Fue a ver a una amiga.

—Supongo que Leonor...

—No. Es otra amiga. Karla, creo que se llama. Me parece que la invitó al cine.

#@#@

Ahora sí, con su permiso, me les desmayo. Estos niños me van a volver loco.

18

★ UNA LLAVE AL CORAZÓN ★

Al día siguiente, en cuanto llegué al gimnasio, bombardeé a Vladimir con mis preguntas.

—¿Llevaste a Karla al cine?

—Así no fueron las cosas.

—¿Qué película escogieron? ¿Sabes si mi mamá ya la reseñó? ¿Te dejaron entrar a ver las cintas violentas que de seguro le gustan a esa niña malévola? ¿O te mandaron a las salas infantiles porque te ves muy chico?

—Óyeme, ruquito, no es mi culpa que seas de otra década.

—No te ofendas. Eres traga-años, ¿y qué? Tómalo como ventaja. Serás el más joven en tu noviazgo con Karla.

—¡Yaaaaaaaaa! Ni siquiera salí con ella.

—¿Entonces?

—Fui a su casa para reclamarle lo que hizo con Leonor, pero por más que toqué el timbre, nadie me abrió. Salí de ahí, vine a mi casa y me encontré a Leonor en la entrada del edificio. Nos pusimos a platicar un rato y me contó todo.

—¿Todo?

—Sí. Le pregunté cómo le iba con su novio y me dijo que estaba muy contenta. Me contó que Karla la había invitado al parque hacía unas semanas y ahí le presentó a su primo. Creo que vivía en otra ciudad y sus papás se mudaron para acá, así que a la "tierna" Karlita se le ocurrió que sería buena idea presentarlos, porque el "pobrecito" no conocía a nadie aquí y no tenía amigos.

—Bueno, eso es noble de su parte.

—¿Te vas a poner de su lado? —exclamó, molesto, mi amigo.

—Perdón, se me escapó. Continúa.

—A Leonor le pareció muy simpático el primo de Karla...

—Seguro es adoptado —no pude evitar interrumpir.

Vladimir me ignoró.

—... Y empezaron a salir: fueron por un helado, al cine, al parque, a comer esquites, al zoológico, al mirador de la Torre...

—¿Todo eso en un día? Debieron acabar fulminados.

—En varios días, baboso.

—Oye, chamaco, yo nada más pregunté.

—Y no sé cuándo, el chavo ese le llegó a Leonor, y ella le contestó que sí quería ser su novia.

—¿Y qué le dijiste?

—¿Qué querías? ¿Que le confesara que me gusta? No, mejor así. Me cae bien, quiero seguir siendo su amigo e ir a sus fiestas.

—Ay, Vladimir, lo siento. Pero al menos...

—No me consueles. No quiero oír nada. Tengo que ser fuerte, no debo llorar.

No me gustó nada eso que dijo mi amigo, pero me quedé callado y luego cambié un poquito el tema.

—¿Y qué vas a hacer cuando veas a Karla?

—No lo he pensado. A lo mejor ni vale la pena reclamarle.

—Porque ahí viene.

Y mi petit máster reaccionó de una forma de la que no pensé que sería capaz. No, no salió corriendo del gimnasio gritando que se le quemaban los frijoles o que se le había olvidado comprar las tortillas. Ojalá hubiera hecho eso.

—¡Óyeme tú, soldado del infierno! ¿Cómo te atreves a arruinar mi vida?

—Buenos días, Vladi querido.

—¡Nada de buenos días, artillera de cuarta categoría!

—Qué bonito hablas.

—Vladimir, tranquilo —intervine—, no caigas en provocaciones.

—Amigo, por favor, vete a hacer pesas, súbete al ring, a la bicicleta o a la caminadora; haz lo que quieras, pero no te metas.

Me quedé callado, pero me mantuve cerca por si Karla le aventaba algún objeto a mi amigo.

—Vladi, precioso, no sé por qué estás tan enojado —siguió diciendo, burlona, Karla.

—No te hagas. Le presentaste a tu primo a Leonor, y sabías que yo quería salir con ella.

—Yo sólo vi por la felicidad de ella, amiguito. Y por la de mi primo, claro. Supuse que se iban a gustar: son el uno para el otro.

Vladimir apretaba los puños, molesto. Karla siguió hablando.

—A mí me gusta ver por la felicidad de los demás.

—No por la mía. Sabías que me gusta Leonor y que quería invitarla a salir.

Aunque mi amigo hacía esfuerzos sobrehumanos por mantener la compostura, parecía que en cualquier momento se soltaría a llorar. Sin embargo, lo que pasó a continuación no se lo esperaba él… ni nadie.

—No, Vladi lindo. También pensé en tu felicidad. Mereces algo mejor, alguien a quien le gustes y te quiera, a pesar de que estés algo chaparro y no puedas hacer una doble nelson o dar unas patadas voladoras.

—Yo me llevaba muy bien con Leonor.

—Pero ella no está a tu altura, querido. Insisto: mereces algo mejor.

—¿Ah, sí? ¿Como quién?

—Como yo. ¿O a poco pensaste que la flaquita te mandó todas esas flores?

Hay cosas que uno nunca quiere que ocurran: bombas atómicas, plagas, llamadas para cambiar de compañía celular... Pero esto sin duda se llevaba las palmas. Vladimir no supo qué decir, y tampoco tuvo oportunidad de hacerlo, porque en eso llegó Golden Fire y Karla lo llevó al ring para ponerle una nueva rutina de ejercicios en las cuerdas.

—Oye, Karla —dijo Golden, mientras subía al cuadrilátero—. Mañana, en lugar de entrenar, ¿buscamos en internet tutoriales de arpa? Le dije a mi novia que me gustaría hacer un dueto con ella, pero no sé cómo se toca.

Vladimir me tomó de la mano y me llevó a una esquina del gimnasio.

—Por favor, cada vez que te encuentres a Golden Fire en un ring, acábalo.

—Así lo haré, amigo.

Y salimos de ahí, cada uno rumiando su coraje y su sorpresa. Una vez afuera del gimnasio, le pregunté a mi petit máster:

—¿Y qué vas a hacer, Vladimir? ¿Sí te animas con Karla? Mira que no cualquiera se avienta a dar el primer paso.

—Si no quieres que inunde tu casa o que modifique tu sueldo en el servidor de la Empresa de Lucha Libre, cierra esa bocota.

#@#@

Dos noches después, en la Arena del Centro...

¡Amigos aficionados, esto es indescriptible! El Conde Alexander le ha puesto una verdadera paliza a Golden Fire. De nada sirvieron las amenazas de los réferis. El Monstruo Verde, el Enigma y el Conde perdieron por descalificación, pero Almirante, Cosmonauta y Golden Fire se llevaron una verdadera tunda. Miren nada más al hombre del fuego de oro:

lo sacan en camilla, con la máscara y las mallas rotas. No sabemos qué mosca le picó al Enmascarado de Terciopelo, pero, si sigue así, el personal de seguridad de la arena no va a poder controlar a toda la gente que quiere linchar a este malvado rudo.

#@#@

Al día siguiente, en Facebook (y Twitter, Instagram y no sé cuántas redes más):

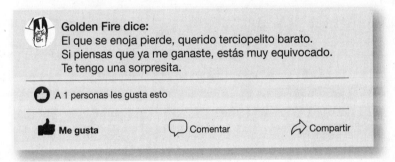

Golden Fire dice:
El que se enoja pierde, querido terciopelito barato.
Si piensas que ya me ganaste, estás muy equivocado.
Te tengo una sorpresita.

A 1 personas les gusta esto

Me gusta   Comentar   Compartir

"¿Otra vez éste con sus sorpresas?"

No lo niego, me fui a dormir un poco inquieto. Estaba recostado en mi cama cuando me llegó un mensaje al celular:

Mañana, Karla y yo en el cine. Deséame suerte.

19

★ CON LA ESPALDA PLANA... EN EL DIVÁN ★

El consultorio estaba en silencio. El doctor había cerrado las ventanas, y como éstas eran tan gruesas, no se escuchaba nada. El doctor era un hombre grande y vestía formal, se notaba que tenía muchos años haciendo esto (me refiero a su profesión, no a vestirse formal). Era la primera vez que yo iba a un lugar de éstos.

—Recuéstese en el diván, joven. O quédese sentado. Como esté más cómodo.

—Le juro, doctor, que no hay motivo para que yo esté aquí. Soy una persona encantadora, tranquila y modesta. No es necesario que venga a terapia.

—En su empresa no opinan lo mismo, por eso lo mandaron conmigo. Dicen que les está haciendo la vida muy complicada a sus compañeros y que no puede controlar su ira.

Sí, es lo que creen. Como no hice caso al Cosmonauta, él fue a hablar con el Cordobés, quien a su vez habló con el jefe de programación, quien a su vez fue de chismoso con el patrón, y pues aquí ando: en terapia para dizque canalizar mi ira. Yo de plano no entiendo. No

me imagino a los rudos de antes visitando al psicólogo. Digo, no tengo nada contra la terapia, pero yo sólo soy salvaje en la arena.

—Vamos por partes. ¿Usted por qué cree que tiene esa necesidad de acabar con los demás, como si luchara contra ellos?

—Porque lucho contra ellos y me pagan por acabar con los demás.

—¿Cómo?

—Sí, doctor. Soy luchador, y mientras más combates gane, mejor me va.

—¿Luchador? Aquí debe haber un error. En su empresa me dijeron que usted es el encargado de la máquina que rellena osos de peluche.

En eso sonó mi celular. Discretamente, leí el mensaje.

De inmediato traté de recomponer las cosas.

—Bueno, doctor, en realidad lucho por la vida, igual que usted. ¿No somos todos luchadores?

—Otro que me hace ese chiste. En su empresa deben de tener mucho sentido del humor.

—Perdón, doctor. Estoy nervioso. ¿No me va a enseñar manchas para que le diga qué veo?

—Usted no necesita eso… por el momento. Apenas es su primera sesión. Vamos a hablar, para que lo conozca mejor. Cuénteme, ¿se siente a gusto en su trabajo?

—Es un empleo digno como cualquier otro. Digo, no aspiro a quedarme ahí para siempre. Tengo ambiciones más grandes en la vida.

—Eso es bueno. Y a ver, dígame, ¿adónde le gustaría llegar?

—A lo más alto, adonde ningún lucha…, rellenador de osos de peluche ha llegado. Quiero que me recuerden como el mejor rud…, fabricante de osos. Que me pidan mi autógrafo y conquistar nuevos retos, alcanzar nuevas alturas… Tal vez ganar otro campe… Tal vez afinar arpas… o pianos.

No saben cuánto me costó aguantarme la risa. Evidentemente, al terapeuta no le hacía nada de gracia.

—Si va a tomarse esto a broma, mejor no venga, joven. Soy un profesional muy solicitado y siempre tengo

agenda llena. Para recibirlo a usted, tuve que rechazar a tres personas de la lista de espera.

—Perdón, no era mi intención. Estoy nervioso, nunca había venido a un lugar así a hablar… de mí. Digo, me gusta hablar de mí, pero de las cosas que uno siempre presume. No creí importante hablar de lo que me hace enojar.

—Todo es importante, joven. Tiene que estar en paz consigo mismo para lograr sus metas. No vea la terapia como algo vergonzoso.

—Es que siempre pensé que tenía que arreglar mis problemas…, ya sabe, por mí mismo, siendo fuerte y valiente.

—Es de valientes reconocer que se necesita ayuda. No lo olvide. Vamos a hacerlo de otra manera. Hábleme de lo que lo hace feliz fuera de su trabajo.

Y a partir de ese momento me resultó más sencillo hablar con el doctor el resto de la sesión. Le platiqué de cuando me animé a declamar unos poemas en el ensayo del recital de mi tía (mientras todos sonreían exageradamente) y de lo mucho que me gusta leer las críticas cinematográficas de mi mamá; también de cuando voy a visitar a mi abuelo y trato de explicarle a señas las cosas que Tetsuya le traduce mal.

—¿Y no disfruta hacer actividades con su padre? No me lo ha mencionado.

—Sí me agrada hacer cosas con él, pero nos dedicamos a lo mismo, por eso no he dicho nada. Con él me identifico, sobre todo, en el trabajo.

—¿También rellena osos de peluche?

—Digamos que se especializa en preparar otro tipo de animales.

—¿Y eso le disgusta?

—¿A mí? No. Él es muy bueno en lo que hace. Ojalá yo llegue a ser la mitad de bueno que él… Ojalá pudiéramos compartir otras cosas, además del trabajo.

—Ya hablaremos de él la próxima semana. Anote todo lo que quiera contarme, para que no se le olvide. Por hoy, se acabó el tiempo.

—Muy bien, doctor.

—Ahora necesito que me haga un favor. ¿Podría decirme si se ve mal este lunar?

—¿Perdón?

—Es que en la mañana vino a terapia un paciente que jura que está enfermo de todo, y me puso nervioso por un lunar que me vio. Hasta tengo comezón.

—¿Un señor más o menos alto, que no usa bigote porque dice que podría atrapar bacterias que luego le provocarían una infección en la garganta?

—Ése mero. La otra vez que vino me regaló unos polvos para la dermatitis. ¿Lo conoce?

—No se preocupe, doctor, estoy casi seguro de que ese lunar es más bien una mancha de mole.

—Qué alivio. Nos vemos la próxima semana… Y una cosa más, Conde Alexander…

—¿Perdón?

—Diles a tus compañeros que la broma de la fábrica de peluches ya es muy vieja.

—Sí, doctor.

—Y duro contra Golden Fire, Enmascarado de Terciopelo. No le tengas piedad.

Salí del consultorio y me dirigí hacia la Catedral, esperando encontrar a los chistositos que me habían hecho quedar en ridículo con el psicólogo. Ya imaginaba sus carcajadas cuando me vieran, pero yo les daría una lección para que aprendieran a no burlarse de mí. Estaba a una cuadra, cuando me llegó un mensaje. "De seguro son ellos", pensé. Pero me equivoqué:

> Amigo, ya casi acaba la película. Voy a llevar a Karla a tomar un helado. ¿Puedes pasar por nosotros a las siete? No traigo dinero para el camión.

Le contesté de inmediato.

> Seguro. Te veo al rato.

Y veinte minutos después, otro mensaje:

> Olvida lo que te dije. Necesito verte ¡ahora! ¡Urge! Y trae dinero para pagar los helados, por favor.

20

✦ ¿SE PUEDE DESCALIFICAR A ALGUIEN POR RUDEZA INNECESARIA AL CORAZÓN? ✦

¿Por qué escucho a la gente? Yo ya sabía que Karla es malvada, que goza con el sufrimiento ajeno. ¿Qué van a saber los demás, si no la conocen como yo? "Deberías animarte, amigo, no cualquiera da el primer paso." "¿Ya la trataste fuera del gimnasio? A lo mejor no es tan mala y sólo necesita cariño", me dijeron, y ahí va el baboso de Vladimir a hacerles caso a todos. No, no y no. Se lo digo una y otra vez. Es mala. Sí, es muy bonita, puede ser simpática, sabe mucho de lucha libre moderna y es bien lista, pero es malvada... Casi tan malvada como bonita.

Quedamos en ir al cine que está a la vuelta de mi casa, el miércoles. Escogí ese día porque era dos por uno y así hasta me alcanzaría para invitarle un refresco. Me pasé no sé cuántas horas contando el dinero que tenía en mi alcancía. Boleto y un refresco. Tal vez también podría dispararle un helado sencillo (en vaso; en barquillo no porque es más caro). Cuando llegamos, de las seis películas anunciadas, sólo había lugar en una de vaqueros: *La indomable*. Según la mamá del Conde: "Es una cinta que cumple su propósito, siempre y cuando éste no sea purificar el alma y cultivar el espíritu. Si lo que buscan es un pretexto para comer palomitas sin remordimiento, esta es una buena opción". Aunque no tenía suficiente dinero para las palomitas, veríamos esa cinta. Afortunadamente era clasificación A y yo podría entrar sin problemas. Ya con los boletos en mano, nos acercamos a la entrada. El encargado de la puerta puso cara de ternura ("Mira a la parejita", le dijo a su compañera). Me dieron ganas de aplicarle una buena patada segadora y rematarlo con una cruceta a las piernas.

Fuimos a la dulcería y, antes de que yo pudiera abrir la boca, Karla pidió dos refrescos, palomitas y un par de hot-dogs.

—¿No quieres algo para ti, querido Vladi? Yo invito.

—Ehm, esteee… No, gracias.

—Sin pena, querido. ¿O qué? ¿Pensaste que tendrías que pagar por todo? No, chaparrito. Estamos en el siglo XXI. Igualdad ante todo. Además, con lo que le cobro a Golden por las clases, podría haber comprado los boletos también, y hasta sobraría para los helados de al rato.

—¿Le cobras a Golden?

—¿Pues qué esperabas? Mis conocimientos valen mucho para andarlos regalando al primero que se aparezca. No me digas que superllorón no te paga.

Ni siquiera me dejó contestar.

—Supongo que no le alcanza. Lo entiendo. No es una estrella como mi Golden Fire. Pero no estamos aquí para hablar de lucha libre. Pide algo, Vladimir. A mí el cine siempre me da hambre. ¿A ti no?

Y para no ser menos, pedí unas papas y una botella de agua.

—¡Ay, qué tierna parejita! ¡Y ella pagó! ¡Qué lindos! —escuché que dijo la encargada de la dulcería. Estuve a punto de regresar y aventarle las papas en la cara.

¿La película? La verdad es que de los nervios ni le puse atención. Estaba más preocupado por masticar con la boca cerrada que por otra cosa. No quería causar mala impresión. Karla se acabó sus dos hot-dogs, refrescos y palomitas, ¡y se quedó dormida! De milagro no nos sacaron del cine por sus ronquidos.

Le mandé un mensaje al Conde, para pedirle que pasara por nosotros después, y traté de concentrarme en la película, cosa que era muy difícil por tanto ronquido.

"¿Qué hago aquí? Yo debería estar en el gimnasio entrenando al Conde, que desde que dejó su arpita está más ansioso que nunca. Ni se da cuenta, pero hasta le están saliendo ronchas. Claro, como lucha con máscara la gente no lo nota, pero ya tiene la frente toda roja."

—Vladimir, chaparrito querido, despierta. Estás molestando a la gente con tus ronquidos —una voz me susurraba al oído y una mano movía mi hombro con delicadeza. Abrí el ojo y vi muy de cerca a Karla. No sé cómo pude aguantarme el grito.

Cuando terminó la película y salimos del cine, no pudimos evitar hablar de ese momento tan incómodo:

—¿Yo también ronco? —pregunté.

—¿Cómo que "tú también"?

—No te hagas, Karla. Te quedaste dormida y roncaste. Si hasta te grabé.

Saqué mi celular y le puse el video (¿a poco creían que no guardaría evidencia de eso?). A Karla no le gustó mucho y su reacción fue peor de lo que pude imaginar. ¡Ella también sacó su teléfono y me enseñó el video que me tomó dormido en el cine!

—Si tú nunca lo subes a las redes, yo tampoco —le propuse.

—Está bien, adorable sabandija. Por esta vez, acepto. ¿Qué te parece si vamos por ese helado?

Fuimos a la heladería que está a dos cuadras del cine. Karla pidió uno doble de galleta con vainilla, y yo uno sencillo de cajeta (no quise abusar).

—Vamos a sentarnos, Vladi querido. Ahorita regresas a pagar los helados.

—¿Perdón?

—Sí, pagar. ¿A poco crees que son gratis?

—Bueno, tú dijiste que tenías suficiente para los helados después de la película.

—Pero nunca dije que los iba a invitar. ¿Dónde quedó tu caballerosidad, querido?

Nos sentamos a la mesa. Yo estaba calculando si me alcanzaría o si tendría que pedirle prestado a Karla, y ella, mientras tanto, no dejaba de ver su celular.

—Cuarenta y seis retuits de lo que puse en la cuenta de Golden, en menos de un minuto. Un nuevo récord. Mañana lo superaré, seguro.

—¿Y qué más te gusta aparte de las luchas?

—Esta historia de Instagram no tiene la cantidad de respuestas que se merece. Tenemos que hacer algo para…

—Karla, ¿me oíste?

—A ver, Vladi, ven aquí para la selfie. Nos vamos a ver bien lindos. Hashtag, está chaparrito pero es medio simpático. ¿Entiendes? ¿Chaparrito y medio simpático?

Y tomó la foto. No lo niego, me dio mucha curiosidad verla. Le pedí que me la enviara por Whats, pero casualmente

se quedó sin datos y su wifi "no agarraba". Traté de hacerle más plática.

—Y además de tu primo, ¿tienes más parientes?

—¿Otra vez me vas a reclamar eso, Vladimir?

—Pero…

—Ya supéralo, niño. Te dije que Leonor es perfecta para él.

—Pero si yo no dije…

—En serio, Vladimir, qué mala educación la tuya de preguntar por Leonor cuando salimos para ver si somos el uno para el otro.

—Pero…

—¿Para eso me invitaste? ¿Sabes qué? Ya me hiciste enojar. Otro día, cuando dejes de hablar de la flacucha esa, me buscas de nuevo. Adiós, chaparrín.

Tomó su helado, se levantó y se fue. Saqué mi dinero y me puse a hacer cuentas. ¡Lo que temía! Tomé mi celular. Me sudaban las manos.

> Olvida lo que te dije. Necesito verte ¡ahora! ¡Urge!
> Y trae dinero para pagar los helados, por favor.

Media hora después, mi amigo el Conde Alexander llegó, pagó los helados y me acompañó a casa. Afortunadamente tuvo la gentileza de no preguntar más de cuatro veces cómo me había ido. Me fui a acostar temprano y a la mañana siguiente vi que tenía dos mensajes en mi celular.

Vladi querido, la pasé muy bien. Que se repita pronto.

Esto no significa que seré benévola. Mi alumno dejará al tuyo sin máscara. Ya lo verás. Les tenemos una sorpresita.

21

¿CÓMO ME GUSTA ALGUIEN QUE NO PUEDE HACER UNA QUEBRADORA?

Está bien, lo admito. Para ser la primera vez que vi al chaparrito hermoso fuera del gimnasio, no estuvo tan mal. Tuvo sus puntos buenos, pero también hubo cosas malas.

PUNTOS BUENOS

1. Se veía guapísimo, así tan chaparrito y bien peinado (claro que eso no tiene chiste, siempre se ve guapísimo así tan chaparrito y bien peinado).
2. Fue puntual.
3. Escogió una película que no pretendía purificar mi espíritu y me dio un pretexto para comer palomitas sin remordimiento. Se nota que busca opiniones de expertos y no escoge las funciones por ser las únicas con lugares disponibles.
4. Parecía todo tímido.

PUNTOS MALOS

1. O sea, no sabe que estamos en una sociedad de igualdad. ¿Por qué empeñarse en pagar todo? ¿Qué quería demostrar?

2. Se quedó dormido en el cine. Qué falta de respeto para todos los que estábamos viendo la película. (Eso sí, lucía muy tierno roncando en su asiento.)
3. Me preguntó si me gusta algo aparte de la lucha libre. ¿Qué clase de salvaje cree que soy?
4. ¡No me sigue en Instagram, Twitter ni Facebook! Nunca se metió a sus redes para ver lo que yo estaba posteando mientras él me hacía plática.
5. ¡Se atrevió a salir mejor que yo en la selfie!
6. No ha olvidado a Leonor. A mí no me engaña con esas preguntitas de si tengo más parientes o sólo al primo que le presenté a la flaca esa.
7. Esperaba que yo pagara los helados. ¿Qué se cree? ¿Dónde quedó la caballerosidad?
8. Me llevó al cine y no a la arena. ¿Cuándo demonios va a pisar una arena de lucha libre? Yo podría enseñarle muchas cosas, como subirse al ring o sujetar las cuerdas sin que le salgan ampollas.

Bueno, la verdad es que los puntos buenos son más importantes. Al menos no es un chilletas como ciertos enmascarados que conozco. Pero de esa lagrimita de terciopelo ni me preocupo. Muy pronto Golden lo dejará sin máscara. Y una vez que luche sin ella, la gente no lo querrá tanto y su carrera se acabará. Este plan es perfecto. A prueba de tontos.

—Oye, Karla, se me rompió otra cuerda del arpa.

—Cállate, Golden, tengo que acabar estas hojas para la editora.

—¿Yo también puedo escribirle algo?

—No te doy permiso.

—Ándale, Karla, nomás poquito.

—No.

—Anda, por fis, por fis, por fis.

21 2.0

YO POR TI TOCARÍA EL ARPA HASTA EL AMANECER

¿Sí sabían que Karla es lo mejor que le ha pasado a mi carrera de luchador? Pues ahora también se encarga de cuidar mi corazón.

No tengo problemas de colesterol. Bueno, eso me dijo ella, y yo le creo. Más bien, lo que Karla quiso decir es que me veía muy solito los días que no me tocaba luchar o entrenar, y que sería bueno que saliera con alguien en mis ratos libres. Y es que, desde que entreno con el Exterminador, no me queda tiempo para nada. Luchar y entrenar, luchar y entrenar. En serio que Superpants es bien exigente, e insiste mucho en que aprenda cosas clásicas. Me va a volver tan malo como su hijito. La verdad, discuto con él más de lo que entrenamos. Yo soy un luchador aéreo, mi especialidad es volar y hacer castigos modernos; eso es lo que le gusta a la gente. Lo bueno es que Karla me ayuda en las noches para que no pierda la práctica, y hasta me explicó un par de cosas que el Exterminador quería que aprendiera pero que yo no entendía.

Cuando regresé de la gira por Acapulco, tomé unos días para recuperarme de la espalda, y Karla me llevó a dar un paseo. Me gusta mucho cuando hace eso, porque hasta vamos al parque y me compra un helado o un algodón de azúcar (si me porto muy bien). Ese día, saliendo de la heladería nos encontramos a la arpista que conocí en la escuela a la que me invitaron hace unos meses. Ella no me reconoció (obvio, no traía mi máscara), pero sí se acordó de Karla y se pusieron a platicar, y Karla tuvo la genial idea de presentarme como su hermano mayor (¿por qué siempre tengo que ser el mayor? ¿Cuándo me va a tocar ser el más joven?).

—A mi hermano siempre le ha gustado el arpa. A veces tenemos que decirle: "Hermano, deja de tocar y ven a comer".

—Pues un día deberíamos juntarnos para practicar un rato. Nos divertiríamos mucho —contestó la arpista. Yo casi me atraganto con el helado, de los nervios. Hasta se me hizo más ronca la voz.

—No te preocupes, yo me encargo de que a mi hermanito no se le olvide tu invitación.

—Sería muy agradable ensayar contigo de vez en cuando. Antes le daba clases al sobrino de la maestra que me contrató, pero el chavo a cada rato me dejaba plantada. Yo no sé qué tanto hace. Decía que iba al gimnasio, pero algo debía estar haciendo mal, porque siempre se veía medio golpeado. Y lo peor fue cuando nos dejó colgados a los niños y a mí en el recital. La verdad, no me quedaron ganas de volver a verlo.

—No se preocupe, señorita, con mi hermano va a entretenerse mucho más y ensayará cuando quiera. Viera que es tan noble. Apuesto a que tocará mal a propósito, para que usted se ría un rato.

Y así fue. Nos vimos unas dos veces en su casa, nos poníamos a tocar, y la señorita arpista siempre terminaba muerta de risa por lo mal que yo tocaba "a propósito". Y entre risa y risa, pues qué creen, que ya somos novios. Obvio ella no sabe que soy Golden Fire. Quiero que me quiera por mí, no por mi fama y mi talento en el ring.

Lo único malo es que ahora, además de mis entrenamientos, tengo que estudiar los tutoriales de arpa, porque ya le prometí a mi novia que un día sí vamos a ensayar en serio.

21 3.0

✦ UNO NOMÁS NO PUEDE DISTRAERSE ✦

A ver, señorita editora, una cosa es que dejemos que Vladimir participe y se desahogue después de su experiencia tan traumática, y otra es reproducir aquí las locuras de los malignos esos. Si yo ya me había olvidado de la arpista. ¿Por qué tengo que leer cómo son felices para siempre?

Además, sólo me retrasé un poco escribiendo el libro porque ahora soy voluntario en un refugio de mascotas. ¿Se imagina, señorita editora? Dieciséis horas a la semana cuidando animalitos y dándoles de comer. ¿Puede creerlo?

¿O me creería que son ocho horas a la semana paseando mascotas?

¿Dos horas a la quincena aventándoles pan a las palomas en el parque?

¿Una vez al año acariciando a un gatito?

Como sea, señorita editora, esta es mi historia y yo soy el que la cuenta. Y mejor me apresuro, porque ya falta muy poco para la lucha máscara contra máscara.

Ups, perdón por el spoiler.

22

★ EL GRAN ANUNCIO ★

Yo no sabía qué pretendía el departamento de programación de la empresa, pero de repente les dio por ponerme puras luchas contra Golden Garrapata. Relevos sencillos, australianos, hasta atómicos. México, Puebla, Guadalajara, Aguascalientes… Digan el estado que quieran, allá nos mandaron. Semifinales, estelares; los mejores lugares en las carteleras eran para nosotros. La gente atiborraba los locales donde nos presentábamos y nuestra lucha siempre era la más aplaudida. Desde que anunciaban el combate y se escuchaban tanto la canción del insufrible ese como la magnífica melodía con que ambientaban mi salida hacia el ring, los espectadores se desgarraban la garganta en gritos de apoyo. Cada vez se apreciaban más máscaras de Golden y mías entre los amables conocedores que me alentaban, y los pobres que se conformaban con lo primero que veían y apoyaban a Golden Fire.

Las luchas contra Golden ya no eran tan fáciles. Mi pecoso rival recordó sus días de rudo, cuando se hizo pasar por el Silencioso, y cada vez me aguantaba más castigos y me aplicaba algunos que en verdad me lastimaban.

La puritita verdad, me costaba mucho trabajo ganarle, y de cuando en cuando el Golden Maleta me propinaba dolorosas derrotas.

—¡Atrás! ¡Déjenlos solos! —gritaban casi siempre nuestros compañeros al llegar la tercera caída.

Y rudos y técnicos se apartaban, formando un medio círculo, y nos obligaban a Golden y a mí a definir las luchas. No me había dado cuenta antes, pero desde hacía unas semanas él y yo siempre éramos los capitanes de nuestros respectivos equipos. Máscaras rotas, golpes cada vez más sanguinarios. La rivalidad subía de tono. En más de una ocasión nuestros socios tuvieron que separarnos y llevarnos a rastras a los vestidores.

También los entrenamientos se volvieron más duros. El Cordobés, exigente como de costumbre, hizo un cambio en su método, y después de sus sesiones de llaveo y acondicionamiento, dispuso que la última hora se enfrentaran luchadores con estilo aéreo contra los que preferíamos algo más clásico y pegado a la lona.

Maravilla López (con Tetsuya) se concentró en enseñarme cómo zafarme de todas las llaves que conocía. ¡Superútil!

El Caballero Galáctico, por su parte, redobló las rutinas de ejercicio cardiovascular y me hacía sudar la gota gorda. Caminadora, bicicleta, remo. Y después, una sesión de pesas muy bien diseñada por Vladimir (¿cómo le hace ese chamaco, si no tiene mucha fuerza que digamos?). Hasta parecía que mis bíceps de titán se ponían cada día más grandes. Uno, dos; uno, dos. Confieso que

le tomé más gusto a esto de las pesas, y ni siquiera necesitaba ponerme los audífonos para que se me pasara más rápido el tiempo. ¿Aburrido el gimnasio? ¡Para nada!

Además de diseñar mi rutina de pesas, Vladimir pasaba cada vez más tiempo sentado frente a la computadora. Veía video tras video y tomaba muchas notas. Siempre ha sido muy observador, eso que ni qué, pero parecía haber desarrollado una obsesión. No tenía palabras más que para su pantalla y su cuaderno.

—Oye, Vladimir, ¿y ya pensaste si le vas a dar otro chance a Karla?

—Cargar video, analizar video, tomar notas; volver a cargar video, volver a analizar video y seguir tomando notas.

—Vladimir, te estoy hablando.

—Ya te escuché, pero mi cerebro evaluó tu propuesta de conversación y la desechó por no considerarla trascendental.

—¿De dónde me saliste tan formal? ¿Otra vez estudiaste el diccionario?

—No es momento para desviar mi atención; el gran reporte debe quedar muy pronto; no puedo distraerme con pláticas que no me dejan nada bueno... Y menos si son acerca de la endemoniada esa.

—Vladimir, yo sólo digo que ella deja una margarita afuera de tu casa todos los días.

—Y yo sólo te digo que no voy a parar de deshojarlas pétalo a pétalo hasta encontrar el micrófono y la cámara con los que pretende espiarme. No puede enterarse de mi plan maestro. No ahora que estamos tan cerca.

De verdad que el ambiente estaba muy raro en todos lados. Y cuando digo que en todos lados, me refiero incluso a lugares donde nunca habría esperado que pasara nada extraño, como mi casa... y eso que todos estamos locos.

Primer cambio insólito: mi papá dejó de hacer máscaras por un tiempo, y ese par de horas diarias lo destinó al gimnasio de la Arena Catedral. Sus alumnos le habían pedido que las clases duraran más, porque estaban aprendiendo mucho, pero también sentían que él se contenía a la hora de enseñarles, que dejaba varias cosas fuera por cumplir con el horario asignado por la empresa.

—Después de usted y su grupo, nadie más usa el gimnasio —le dijeron un día en la oficina de la empresa—. Si quieren quedarse una hora más, y usted está de acuerdo, pueden hacerlo sin ningún problema.

—A casi todos los muchachos les va a dar gusto. Es un buen grupo, tienen talento.

—¿A casi todos? ¿A alguno de sus alumnos no le interesa entrenar más tiempo?

—No es eso. Sólo digo que unos son más dedicados que otros. Mañana les avisaré que vamos a alargar el entrenamiento.

—Claro que no podremos pagarle esas horas extras.

—No se preocupe, no lo esperaba.

Cuando mi papá nos comunicó la noticia, casi todos reaccionamos bien en casa.

—¡¿En serio vas a hacer eso?! ¡Estás traicionando tus genes!

—No voy a discutir, y menos contigo. Es mi trabajo; tengo que ser profesional.

—Pero tu hijo…

—Cuñada, mi hijo sabe luchar, y siendo honesto, ya aprendió todo lo que yo podía enseñarle. Va a estar bien.

—¿Entonces no te sientes culpable por estar entrenando a quien puede arrebatarle la máscara a tu retoño?

—¿Y a ti desde cuándo te interesa la lucha? Si siempre estás de malas cuando nos acompañas a la arena.

—Me interesa mi sobrino. Y creo que soy la única que se preocupa por él.

—Tía —intervine—, si mi papá es feliz dando clases, no importa que prepare a mi rival. Tengo que aprender a respetar eso.

El tierno Exterminador se quedó asombrado; volteó a verme a los ojos y sólo respondió:

—Gracias, hijo.

—No se pongan cursis —respondió mi tía—. Últimamente andan de un sensible que ni quien los aguante.

—Cuñada, no es bueno burlarse de los jóvenes cuando demuestran sus emociones. Es perjudicial para ellos si las reprimen.

—Tienes razón, cuñado. Exageré un poco. Espero que puedas disculparme.

—Por supuesto, no te preocupes. Todos somos susceptibles de errar. ¿Quieres un té? Yo lo preparo.

—Me encantaría, cuñado. Voy por las galletas.

Y tras ver eso, mi mamá y yo nos pasamos dos días en cama, creyendo que todo había sido una alucinación.

Días después, fui con mis papás a casa de mi querido abuelo Maravilla López para celebrarle su cumpleaños. En la mesa había mucho sushi y kushiage, así como quesadillas y tacos de guisado. A la hora del postre, Tetsuya trajo el pastel, pero nos advirtió que no le pondría velas.

—Es que ya ser muchos años, y no haber pastel tan grande para tanta vela.

Mi abuelo sólo guardaba silencio. Tetsuya continuó:

—Ancianito cabeza de algodón pintado de café querer entrenar más tiempo a nieto maravilla. Ruquito no dejar de quejarse, dizque por no hacer nada para ayudar a nieto ante compromiso tan importante. El pobre pensar que estorbarle. Yo pensar que él no estorbar, pero sí afear panorama con esa cara.

—¡Ya estar bueno de que burlarte de mí, Tetsuya! Te pago para que ser intérprete…

—Señor…

—Y para que apoyar con cosas de la casa…

—Abuelo…

—Siempre tratarte bien, pagarte a tiempo y tener buen lugar donde vivir. Y ayudar con papeles, para que no regresarte a Japón…

—Papá…

—Y tú duro y dale con burlarte de mí. ¿Gustarte que yo hacer eso contigo? ¿Y cómo en todos años nunca aprender a explicar bien una llave a mi nieto? Antes no lastimarse cuando tratamos de ayudarlo…

—Suegro…

—¿¡Qué querer todos!?

—Estás hablando en español…

—No cotorrear. Ustedes finalmente aprender japonés.

—Nosotros no aprendimos nada, abuelo. Eres tú el que ya recordó el español.

—Suponer después de tanto tiempo de regresar y escucharlos a todos, pues volver a aprenderlo.

Además de esa gran sorpresa, justo en ese momento llegó un mensaje de Vladimir:

> ¡Métete al Facebook pero ya! La empresa posteó el cartel para la función de aniversario. Es dentro de dos domingos y vas en la estelar, ¡apostando la máscara contra Golden Fire!

23

★ NO LA VI VENIR ★

Les daría orgullo cómo tomé la noticia, lleno de profesionalismo y serenidad:

—¡¿Por qué nadie me dijo que se acercaba la función de aniversario de la empresa?! ¿Por qué no me avisaron que estaban contemplando mi lucha de máscaras contra Golden Fire para esa función? ¿Por qué nadie me informa de nada nunca?

—Nieto querido, empresa contemplarte siempre. ¿No sospechar nada cuando sólo ponerte contra Golden? —me hizo notar Maravilla López.

—Estoy tan acostumbrado a enfrentarme al pulgoso ese, que lo vi normal.

Mi padre no se quedó fuera de la conversación:

—Espero que entiendas que a partir de ahora tu prioridad es defender tu máscara y que todo lo que hagas debe enfocarse en tu preparación.

—Lo entiendo perfectamente.

—Qué bueno. Entonces deja ese pastel, tienes que cuidar tu dieta.

—Pero es el cumpleaños de…

—Que lo dejes, hijo —insistió mi comprensivo padre.

—Allá tú si quieres llegar gordo y sin condición a la lucha más importante de tu carrera —mi mamá también podía ser muy persuasiva.

—Pero me quedé con hambre.

—Tetsuya, ¿tienes un poco de apio para mi hijo?

—Sí, señora, traerlo enseguida.

—Y por favor, llévate este pastel. No podemos darle tentaciones.

—No preocuparse, yo comérmelo.

Tal vez esté mal que lo diga, pero el anuncio de la lucha causó gran revuelo. Según me contó Vladimir, fuimos trending topic, post más destacado, Instagram de oro y no sé cuántas cosas más. Muchos aficionados hacían comentarios tipo: "Vaya, no nos mintieron", "Al fin acabarán una rivalidad", "Será un luchón", "Si les dan chance de encabezar una función así, es por algo". Por supuesto,

Golden Fire y Karla hicieron de las suyas en las redes publicando un montón de fotos donde Golden me ganaba, al igual que posts con los que buscaban provocarme ("Tu desenlace se aproxima", "Te voy a hacer un favor, ya no gastarás en máscaras", "Ya tengo lugar en mi vitrina para tu trapo de terciopelo" y linduras como ésas), y hasta trataron de revivir los videos de las declaraciones de la tierna e inocente Karla. El colmo fue cuando le pidieron al Exterminador que grabara un pequeño mensaje para su alumno diciéndole que confiaba en él y que estaba seguro de que saldría con el brazo en alto. Mi padre no aceptó.

En cambio, Vladimir prefirió mostrarse moderado y prudente en mis redes. De repente contestaba alguna de las provocaciones de Golden (y se ganaba un montón de likes), pero por lo general los mensajes que publicaba eran más del tono: "Es una gran oportunidad en mi carrera. Un triunfo me puede llevar a los cuernos de la luna, pero no debo confiarme".

El lunes salí más temprano que de costumbre hacia la arena, quería ser el primero en llegar con el Cordobés. No conté, sin embargo, con los puestos de periódicos, que ya tenían las revistas de la semana y en todas anunciaban nuestra gran lucha en la portada. Era imposible no distraerse con los encabezados:

"El Terciopelo contra el Fuego de Oro."

"La moneda está en el aire."

"Una máscara tiene los días contados."

"Escasez de tortillas en todo el país."

—Me alegra que seas el primero, muchacho —el Cordobés me recibió serio. No me atrevo a afirmar que se veía preocupado, pero de que estaba más malencarado de lo habitual, eso es seguro.

—Tengo que salvar la máscara. Hoy empieza mi preparación, profesor.

—Muchacho, eres bien distraído. Tu preparación empezó hace mucho. ¿O no se te hizo raro que de repente tus entrenamientos acabaran con una lucha de "aéreos" contra "clásicos"? Eso ya tiene tiempo, pero ahora sí todos lo saben.

—¿Y por qué nunca nos dijeron nada a Golden y a mí?

—Tenían que ganarse el derecho a encabezar la función de aniversario. Y lo tienen más que merecido.

—Estoy nervioso. No sé qué voy a hacer si pierdo la máscara.

—Pues quítate el miedo y la inseguridad, si no quieres que te aplique la cordobesa y sea yo quien te deje sin máscara.

#◎#◎

Mis maestros, mi familia, Vladimir y su tío, los Hermanos Navarro, mis compañeros rudos y hasta el psicólogo (que cada día se convencía más de que tenía alguna enfermedad), todos estaban emocionados por mi lucha y cada vez que podían me decían palabras de apoyo. Sólo los señores Pedro y Óscar, mis mascareros, estaban un poquito nerviosos por lo que pudiera pasar, pero casi no se les notaba. Obvio no me decían nada, pero yo ya había aprendido a interpretar sus mensajes secretos:

—¡Eres una bestia! ¿Cómo se te ocurrió aceptar ese compromiso? Y para colmo, contra Golden Fire. ¿No sabes el daño que nos estás haciendo? Tú de plano no tienes consideración con los demás. No puedo creer que seas tan egoísta. ¡Nos vas a dejar sin trabajo!

—Oigan, no se preocupen. Ténganme un poquito de confianza. Yo voy a ganar. Les aseguro que no los voy a dejar sin trabajo.

—Si no lo decimos por ti: Golden Fire ya es nuestro cliente y le gusta que usemos telas caras, no como el terciopelo, que se vende en casi todos lados. Él nos paga muy bien cada máscara que le hacemos.

—¿Y es fácil encontrar terciopelo hasta en este tono?

—Sí. Y todavía tenemos como cuatro rollos…

—Mejor preocúpense porque ya no le harán máscaras a ese brincador. Se los prometo.

—¿Qué? ¿No oíste que le gustan las telas caras? ¡Nos vas a dejar en la ruina, muchacho egoísta!

#◎#◎

Y así empezó la quincena más pesada de mi vida como luchador. Entrenaba en la mañana con el Cordobés y en la tarde con el Caballero y con mi abuelo (y Tetsuya).

Además hubo varios días en que tuvimos que atender a los reporteros, que se peleaban por sacarnos alguna declaración para sus revistas.

Y para rematar, luchas casi todas las noches, por lo general contra Golden Fire. No quería preocuparme en vano, ni mucho menos ponerme como el Caballero Galáctico y tener que tomar una pastilla para los nervios, pero por alguna extraña razón nomás no podía ganarle a Golden. Esa canija lagartija mutante estaba acostumbrándose a salir victoriosa a mis costillas. No podía más que rezar por que no fuera un mal presagio.

24

★ SILENCIO, SE GRABA ★

La semana previa a la gran lucha fue todavía más pesada. Golden siguió ganándome. Lunes en Puebla, martes en Guadalajara; miércoles, función especial en la arena Tres Caídas… Menos mal que a los programadores se les ablandó el corazón y me dejaron descansar a partir del jueves. Tanto Vladimir como el Caballero Galáctico y mi abuelo estaban furiosos conmigo.

—Once derrotas seguidas. No puede ser. Ni un luchador molero pierde tanto. Estás a tres días de la lucha de tu vida, y no te habías visto tan mal en mucho tiempo.

—Perdóname, Vladimir, no sé qué me está pasando.

—Las estrategias no están funcionando. Sí las has leído, ¿verdad?

—Vladimir, te hago más caso a ti que al Cordobés o a tu tío.

—¿Que no les haces caso a quiénes? —intervino el Caballero Galáctico, un poco enojado.

—Claro que les hago caso, profe, pero no negará que su sobrino es extraordinario para…

—Sí, sí… Todos sabemos que Vladimir hace reportes excelentes y tiene muy buen ojo, pero no debes quedarte sólo con lo que te dice uno de tus maestros. Acuérdate de cuando empezabas: combinabas mis enseñanzas con las de tu papá y tu abuelo, y nadie podía dominarte. Y cuando ganaste el campeonato, Golden nunca se esperó que lo atacaras con tantos topes, y ésos se los aprendiste al Cordobés. Tu problema es que ya se te olvidó sumar lo que te enseñamos y quieres ganar sólo con las carpetas de

Vladimir. Y no es por nada, pero desde que mi sobrino está enamorado de Karla…

—¡Eso no es cierto! —mi petit máster gritó peor que si le hubieran hecho un tirabuzón.

—Como sea. Desde que Vladimir no sabe si seguir sufriendo por Leonor o animarse a ser feliz con Karla…

—¡Que no es cierto!

Juraría que el Caballero Galáctico estaba gozando con los corajes de su sobrino.

—Mi sobrino puede ser muy bueno, pero no es el único. Tampoco lo somos el Cordobés ni yo. Todos somos importantes. Así que más te vale poner en práctica lo que te hemos enseñado y, principalmente, no olvidar al mejor de tus maestros, al que ya no le prestas atención.

—¿Mi papá? ¿Mi abuelo?

—No. Tú mismo. ¿O qué? ¿Me vas a decir que no has aprendido nada en todo este tiempo? Podemos enseñarte un montón de cosas, pero sólo tú sabes qué tan fuerte aprieta Golden Fire o cuál pierna le duele más cuando le haces una cruceta. Tú eres quien ha recibido tips de los Hermanos Navarro, quien se las vio negras contra el Bronco Flores, quien comparte esquina con el Enigma… Si sigues comportándote como el inexperto que eras cuando te conocí, y no como el luchador que ya tiene cierta lona recorrida, entonces te van a dejar sin máscara.

—No lo había pensado, profesor.

—Pues ya va siendo hora. Y, con su permiso, me voy a ver al doctor.

—¿Ahora qué le duele, profe?

—Nada: me invitó a jugar dominó con sus compañeros. Les faltó un enfermero para completar la cuarteta.

Y se fue, dejándonos la tarea de siempre: cerrar el gimnasio con llave cuando saliéramos. Por suerte, ni a Golden ni a Karla se les ocurrió ir a entrenar en esos días. Supongo que andaban preparando la famosa "sorpresita" con la que me habían amenazado.

#@#@

El viernes Golden Chafa y yo fuimos a un importante canal de televisión (lo bueno fue que cada quien llegó por su cuenta).

—¡Todos callados! ¡Prevenidos! Al aire en cinco, cuatro, tres, dos...

—Amigos aficionados, estamos de vuelta en *Gladiatores*, en una emisión más de Rombo de batalla, y este bloque sin duda va a estar de lujo. Nos acompañan ni más ni menos que los protagonistas de la lucha estelar de la función de aniversario en la Arena Catedral: Golden Fire y el Conde Alexander, quienes expondrán sus máscaras dentro de dos días. Muchachos, buenas noches, qué bueno que aceptaron nuestra invitación.

—Al contrario, Lázaro. Gracias a Landrú y a ti por el espacio —respondí de inmediato, bien educado.

—Golden Fire, bienvenido.

—Gracias, señores. Aquí estoy, a sus órdenes para lo que se les ofrezca.

—Pues de entrada, señores, les agradezco que estén en el estudio. El señor Alvin se disculpa, pero como el domingo es la gran función, pidió un par de días para ir a relajarse en un spa y llegar en las mejores condiciones para narrar su lucha con todo el profesionalismo que dice que lo caracteriza.

—Landrú, no andes ventilando esas cosas. ¿Qué van a pensar nuestros invitados?

—Está bien, Lázaro. No tienes por qué regañarme. Llevaremos el programa como si Alvin estuviera aquí.

—Oigan —intervino Golden Fire—, pero si no está. ¿Cómo le van a hacer para que no se note?

—Flameadito —no pude quedarme callado—, quieren decir que ellos se harán responsables de conducir el programa, sin importar que uno de los presentadores no se encuentre.

—Sí, eso quisimos decir —me interrumpió Lázaro—. Estamos a dos días de la que seguramente es la lucha más importante de sus jóvenes carreras. Imagino que se sienten nerviosos.

Golden no me dejó tomar el micrófono.

—Pues los nervios son para los que no están bien preparados. Como saben, desde que me entrena el Exterminador, me va mucho mejor. Ahí tienen la prueba, las últimas veces que me he enfrentado a este aterciopelado, no ha podido conmigo.

—Conde, ¿usted está nervioso? Golden tiene un punto a favor. Pareciera que le tomó la medida.

Landrú intervino:

—Conde, Golden Fire tiene razón. Debemos recordar que fue un campeón que le dio brillo al cinturón y lo defendió exitosamente en varias ocasiones, contra gente como Millenial y Jungla García.

Hasta parecía que mi pecosa pesadilla sacaba el pecho con más orgullo de lo que solía hacerlo. Pero yo no pensaba dejar pasar la oportunidad de desinflarlo un poquito.

—Y en la primera oportunidad que tuve, se lo quité. ¿Ya se te olvidó, Golden, cómo te dejé los brazos y el cuello esa vez? Gritabas bien bonito que te rendías.

—Sí, reconozco que ese día me ganaste. Pero fue pura suerte. Por si no lo recuerdan, en esa lucha recibí un fuerte golpe en la espalda y la nuca, y en la tercera caída me sentía muy mareado.

—Eso dices.

—No te preocupes, terciopelito mío. No te voy a quitar esa victoria con un pretexto. Te felicito, me ganaste el cinturón, pero fuera de eso no has tenido más triunfos importantes.

Lázaro interrumpió para agregar un dato interesante:

—Bueno, Golden, el Conde Alexander defendió el campeonato en una dura lucha contra el Bronco Flores.

—¿Y qué más ha hecho? ¿Le quitó la máscara a alguien? ¿Ganó otro campeonato? Fíjense bien en las redes, soy el técnico sensación. Todos hablan de mí.

—Llamita querida, eres tú el que publica todas esas cosas, así no cuenta.

Tanto Lázaro como Landrú se aguantaron la risa con trabajos.

—Pues dirás lo que quieras, pero la gente me ama porque sabe que tengo más calidad.

—Prefiero mil veces ser un rudo repudiado que un idolito de Facebook. No olvides que los luchadores de verdad nos hacemos en el gimnasio, no en las pantallas.

—Y tú recuerda que ya te demostré que domino tu estilo y te conozco demasiado bien. El Silencioso te aprendió bastante.

—Estimado Conde —Landrú tomó el micrófono—, eso que menciona Golden es cierto. Cuando estuvo oculto tras la personalidad del Silencioso probó que puede ser tan rudo como tú o quizá más.

Y Golden remató:

—No olvides que en los vestidores me decías que ojalá siempre hiciéramos equipo. Admítelo, te encantaba luchar conmigo.

—Lo reconozco, me gustabas cuando eras el Silencioso, pero porque callabas y estabas como ausente.

—¡...!

—¡...!

—¡...!

—Y ahorita que te quedaste callado, te voy a decir una cosa: no sé quién ganará el domingo, pero no será una lucha fácil. Voy a defender mi máscara como si se tratara de mi propia vida.

—Ay, condecito, déjate de escenas dramáticas. El domingo todos conoceremos tu cara y la gente se desilusionará por lo feo que estás.

—Pues ahí lo tienen, amigos aficionados. Fuertes declaraciones por parte de ambos gladiadores. Nosotros vamos a una pausa y regresamos para el cierre del programa.

#@#@

Ya fuera del aire, antes de irme a casa para descansar un rato, aproveché que ni los Gladiatores ni yo teníamos presión de tiempo, y pude hacerles un poco de plática.

—Por cierto, Landrú, siempre quise preguntarte algo.

Cuando narraste mi primera lucha, esa contra el Tiburón Blanco, ¿por qué dijiste que me veía muy aterciopelado con mi máscara?

—Pues porque te vi en los vestidores y me di cuenta de que estaba hecha de terciopelo. Ya sabes, cuando narras tratas de describir todo lo mejor posible.

Todavía cruzamos palabras durante un par de minutos, y después me despedí y me dirigí al estacionamiento. Ahí me encontré a Golden Fire jugueteando con su celular.

—Maldita tarifa dinámica, el taxi me va a salir carísimo.

Como siempre, no pude (o no quise) quedarme callado.

—Ay, Pecas, ya pídele a Karla que te regrese las llaves de tu coche, o que te dé cambio para los camiones. ¿O no sabes andar solo en la calle?

Y ocurrió lo que no me esperaba: Golden se me abalanzó en ese mismo instante.

—¡No me digas Pecas! ¡No soy Pecas! ¡Odio que me llamen Pecas!

—¡Pues no me acuerdo de tu nombre, Pecas!

Fue necesario que el personal de seguridad del estudio nos separara y nos escoltara rumbo a la salida. Esa misma noche, las redes estaban que ardían reposteando el video de la pelea que grabaron las cámaras de seguridad. Menos mal que no tenía audio, aunque hubo chistositos que le pusieron doblaje chusco.

25

★ GOLPES EN EL CORAZÓN ★

—¡Hay máscaras, playeras, fotografías, llaveros, muñecos! Todo con descuento. Aproveche la promoción. Paga uno y se lleva uno. Máscaras del Conde Alexander, incluyen firma, beso y abrazo… si quieren que se los dé, claro; si no, pues nomás la pura firma. Aproveche las ofertas. Paga hoy y se lo lleva hoy.

Mi primera firma en la tienda del profesor Solar. ¡Qué emoción! Y qué miedo que casi lo dejo plantado. Entre las entrevistas, los entrenamientos y los nervios por la lucha, por poquito se me olvida el compromiso. Si no hubiera sido por mi mamá, que me levantó temprano, habría quedado muy mal con Solar, su familia y todos los aficionados que acudieron a la cita.

Recibí la invitación justo al día siguiente de que se anunciara la lucha máscara contra máscara. Estaba saliendo de la Arena Catedral, después de mi entrenamiento con el Cordobés, cuando se me acercó Solar.

—Muchacho, qué bueno que te veo. ¿Te gustaría firmar autógrafos el próximo sábado en mi tienda?

—¿Yo, maestro?

—La gente lo está pidiendo. Cada fin de semana me dicen que lleve al Enmascarado de Terciopelo.

—Qué honor, no sé qué decir.

—Puedes decir que sí. Si tienes la fecha libre, claro.

—Cuente conmigo.

—Pues no se diga más. Te veo ese día a las doce. Aquí está la dirección.

Camino a casa, no dejaba de pensar en la vez que el Exterminador estuvo en ese mismo lugar firmando autógrafos. Me sentí muy orgulloso. Tres horas de convivencia y no sé cuántas fotos se tomaron con él. Aquella noche me fui a la cama imaginando que algún día yo también tendría mi propia firma, pero no creí que lo conseguiría tan rápido.

—Aprovechen ahora, todo al dos por uno. Pagan dos y se llevan uno. Ah, no, digo, aprovechen que aquí está el Conde Alexander, el famosísimo Enmascarado de Terciopelo. Y en la compra de tres máscaras y una foto, yo bailo con ustedes "Golpes en el corazón".

La gente no dejaba de llegar. Todos nos divertíamos con las bromas de Solar, y eso hizo que el tiempo volara. Su esposa y sus hijos, además, me atendieron de maravilla. Repartí montones de autógrafos en máscaras, playeras, muñecos; incluso me llevaron unas corcholatas para que las firmara. Me costó trabajo, porque mi autógrafo es largo, pero lo logré.

¿Fotos? De todo tipo. Instantáneas, con celular, selfies. Y lo mejor fue cuando unos aficionados me llevaron ¡un cuadro y un cuarto de jamón!

—Es un detalle de mi hermano y mío, para agradecerle que se haya dado tiempo para convivir con nosotros.

—Yo a ustedes los conozco. ¿No son los Güeros que me regalaron un cuadro en una firma cuando andaba de gira?

—Así es. Estábamos de vacaciones y quisimos llevarle un presente.

—Y ahora me regalan esto. Nomás por ustedes ya valió la pena haber venido.

—Gracias por sus palabras, Conde. De verdad que no todos los rudos tienen gestos así con los aficionados. Y mucha suerte mañana, ojalá que usted rompa la maldición.

—¿Cuál maldición?

—Mejor que el profesor Solar le diga. Nos vemos, Conde, y gracias por estar aquí.

El siguiente en la fila fue un niño. Yo estaba tan clavado en lo que los Güeros me habían dicho que no me fijé en lo que hacía. Destapé mi plumón para firmar el objeto que me extendían y escuché un grito:

—¡No sea bruto, Conde, esa carpeta es para usted!

Alcé la vista y vi a Vladimir y a su mamá. Como la mesa estaba un poco alta, se me perdía el chamaco.

—Es por si el Conde quiere leer algo mientras come, o antes de dormir —dijo mi petit máster guiñando un ojo.

La portada decía: "Un regalito supersecreto para salvar la máscara". ¡Mi informe especial! Y yo pensando que Vladimir me había abandonado. Guardé la carpeta junto con el cuadro y el jamón de los Güeros, y seguí dando autógrafos. Vladimir y su mamá se despidieron, y estaban a punto de salir de la tienda, cuando vimos en la fila a Leonor y su novio, acompañados de Karla y otro chavo. Vladimir nomás apretaba los dientes y decía: "No puedo llorar, no puedo llorar aquí", y apresuró a su mamá para que se fueran. Eso no me gustó nada. Me prometí hablar con él muy seriamente.

Después de ese pequeño momento incómodo, y luego de autografiar las fotos de Leonor, Karla (guácala) y sus acompañantes, continuó la convivencia, la cual terminó hora y media después de lo acordado. Estaba despidiéndome de la familia de Solar, cuando éste me tomó del brazo y me llevó a una esquina de su negocio.

—Gracias por quedarte más tiempo. Significó mucho para la gente.

—Al contrario, profesor, gracias a usted por considerarme.

—Cuando quieras regresar, ésta es tu casa.

—Será un placer. Sólo una duda. ¿Por qué los Güeros dijeron que ojalá yo rompa la maldición?

—No les hagas caso, te estaban cotorreando. Bueno, sí hablaban en serio, pero estoy seguro de que lo dijeron en broma.

—¿Cómo?

—Todos los luchadores que han venido a firmar aquí antes de apostar la máscara o la cabellera, han sido derrotados.

—¿Y por qué no me lo dijo antes?

—No preguntaste. Pero son coincidencias, muchacho. No te preocupes.

—No hay problema, profe. Las coincidencias son para los que no entrenan. Yo voy más que preparado.

—Eso, mi Conde, así me gusta. En quince días date otra vuelta para otra firma. La gente va a querer convivir contigo, ganes o pierdas. Y mucha suerte mañana.

—¿Quién va a venir la próxima semana?

—Golden Fire. No sé si traerá su máscara.

—Yo me encargo de quitársela, profesor, pierda cuidado.

Tomé mi mochila, el jamón y los demás regalos que me hicieron, les dije adiós a Solar y a su familia y salí de la tienda rumbo a mi casa. Todavía escuché cómo Solar volvía a pedir que pusieran "Golpes en el corazón" para bailar un rato. Me habría encantado quedarme platicando con ellos, pero me esperaba una larga velada de estudio. Tal vez esa sería la última noche que dormiría sabiendo que tenía una máscara que defender.

26

★ SIEMPRE EN MI MENTE ★

Todos en casa disfrutamos mucho el jamón que me obsequiaron los Güeros; mi mamá lo usó para preparar un suflé que le queda buenísimo; hasta Tetsuya se animó a probarlo. Mi abuelo sólo me miraba serio, muy preocupado.

—Nieto nervioso, y no deber estarlo. Lucha ser mañana, hoy disfrutar cena familiar. Que Golden no se meta en tu cabeza, o en tu cabeza ya no cabrá nada —me dijo.

Era muy bonito volver a escucharlo hablar español. Claro que al pobre le quedó un acento muy chistoso; a lo mejor un día se le quita. Tetsuya, por su parte, estaba muy callado, atento por si alguien dejaba un pedazo de suflé. Yo me levanté de la mesa para ir a mi recámara.

—Quiero estudiar el reporte de Vladimir.

—Déjame ver esos papeles. Hablan tanto de ese chamaco que ya me picaron la curiosidad —dijo mi padre y tomó la carpeta. La hojeó un poco, con cierta extrañeza, y me la regresó—. Los métodos de estas generaciones son muy raros. Allá tú.

—No seas tan exigente, papá. Vladimir es muy bueno haciendo repor…

Abrí la carpeta y me quedé mudo del terror. No había ninguna indicación, ningún informe. ¡Sólo fotos del Conde Alexander! Corrí a mi recámara, tomé el celular y escribí desesperado el siguiente Whats:

> Vladimir, te equivocaste de carpeta.

> Me diste puras fotografías mías.

> No hay ninguna instrucción.

> Por favor, mándamelas rápido. Tengo que aprovechar y estudiar toda la noche.

Vladimir está escribiendo…

—Seguro se confundió, pero no tarda en mandarme el archivo correcto. Mamá, ¿no vas a usar la computadora? Creo que tendré que estudiar en línea hoy.

Tetsuya estaba callado, revisaba las fotos una y otra vez. A veces sonreía, y otras más asentía, como si leyera un texto con una sabiduría muy profunda.

—Tengo que escribir mi reseña, querido. La revista la necesita el lunes a primera hora —contestó mi madre, mientras tanto.

—Te prometo que no me tardo. Sólo bajo el archivo y lo imprimo.

Tetsuya cerró la carpeta y, muy ceremonioso, me la regresó.

—Chaparrito enamoradizo no equivocarse. Carpeta tener los mejores momentos de nieto maravilla. Y nieto maravilla parece olvidarse de quién es. Carpeta recordarle eso y más.

—Abuelo, ¿crees que Tetsuya tiene razón? ¿Necesito recordar quién soy?

—Nieto mío, sushi ser maravilla, porque llenar panza, digerirse rápido y ayudar organismo.

—Abuelo, este no es un buen momento para metáforas culinarias.

—¿Y quién hablar de metáfora? Yo tener hambre. Nadie traerme comida, todos distraerse con suflé y no acordarse de mí. ¿Dónde está mi sushi y mi kushiage?

Y Tetsuya, todo acomedido, fue a la cocina por la comida de mi abuelo.

—Nieto querido, tu gran problema ser obsesión con Golden Fire. Rival tuyo lograr objetivo. Él estar siempre en tu mente, tú pensar en él a cada instante; ¿cómo querer ser tú? Ya olvidaste cómo ser tú. Golden siempre está, siempre en tu mente.

Y ya no siguió mi querido Maravilla López, pues prefirió calmar su hambre. Mi papá se levantó de la mesa y sugirió que viéramos una película; mi mamá pidió que fuera la que tenía que reseñar, para reforzar lo que había anotado en su cuaderno. Yo regresé a mi cuarto para ver qué me había contestado Vladimir. Un solo mensaje, kilométrico.

> No me equivoqué. Bueno, sí me equivoqué pero no me equivoqué. Quiero decir que mi tío tiene razón. Dependes tanto de lo que te digo que ya no pones en práctica todo lo que has aprendido con tus otros maestros. Esas fotos son sólo una muestra del gran luchador que eres, lo mismo de rudo que cuando combates limpio al disputar algún campeonato. Espero que las imágenes te recuerden lo que has logrado y que es únicamente mérito tuyo. Mañana sobre el ring, recuerda que no hay nadie mejor que tú (en la lucha, no vayas a pensar que tocando el arpa). Ganes o pierdas, ya lograste lo que muy pocos han conseguido a tu edad. Y ni creas que te vas a librar de mí; vamos a seguir trabajando en el gimnasio, pero también debemos reforzar la confianza en ti mismo. Mi tío y yo estamos muy orgullosos de ti.

Condenado chamaco, a buena hora se le ocurría darme una lección de "Descúbralo usted mismo".

En la sala, mientras tanto, se oían carcajadas; supuse que mi mamá tenía que reseñar una comedia. "No me vendrá mal reír un rato; seguro es una de esas películas llenas de chistes." Y me uní al pequeño grupo. Cuál sería mi sorpresa al ver que en realidad se trataba de un drama, pero tan mal hecho y actuado que te morías de la risa por todos los errores.

Terminamos de ver la película, y mi abuelo y Tetsuya se despidieron y regresaron a su casa. Mi mamá se puso a escribir su reseña, mi papá se fue un rato a su sala de trofeos; no pasó mucho tiempo antes de que se escuchara su máquina de coser. Yo volví a mi recámara y me puse a ver las fotos que me dio Vladimir. Había imágenes de mi debut contra el Tiburón Blanco, también de todas las veces que he apaleado a Golden Fire, y hasta de cuando defendí el campeonato contra el Bronco Flores. Además había varias fotos en las que estaba haciendo equipo con el Silencioso/Golden Fire (en ésas se notaba cómo Golden Maleta ya había aprendido a aplicar correctamente varias llaves). Mi teléfono sonó en ese momento. Mensaje de Vladimir.

> Lo sabía. Nunca me dejarías desprotegido.

> Se me olvidaba, dice mi tío que ya se venció la mensualidad, que te da chance de renovarla después del miércoles.

#◎#◎

Y me pasé el resto de la noche viendo las fotos, una y otra vez, arrullado por el taca-taca de mi padre al coser sus máscaras, y el taca-taca de mi madre al escribir su reseña. No supe a qué hora me quedé dormido ni en qué momento entraron mis papás a apagar la luz de mi cuarto, pero estoy seguro de que ese beso que me dieron en la frente no lo soñé.

27

✦ NO HAY MARCHA ATRÁS ✦

Dicen que lo mejor que puedes hacer el día que vas a tener el compromiso más importante de tu vida es llevar la misma rutina, tratar de que sea la más normal de tus jornadas, para que los nervios no te traicionen ni afecten tu desempeño. Cómo se nota que quien dijo eso nunca luchó máscara contra máscara.

¿Desayunar? Casi ni tenía hambre. Sólo un plato de fruta, una tortilla de claras con champiñones y espinacas,

dos nopales asados, un poco de puré de papa, tres tortillas, y de postre unos bísquets y un jugo. Salí a caminar un rato, pasé a ver al Caballero Galáctico, pero no había nadie. Regresé a casa antes de mediodía y preparé mi maleta: mallas, botas, máscaras, capa; algunas pomadas y vendas; no podía faltar mi libro de poesía (que ya se veía más que un poquito maltratado). Me recosté un rato y me puse a ver, otra vez, las fotos que me dio Vladimir.

"Condenado chamaco, para mí que se le acabaron las ideas", pensé, aunque de inmediato me arrepentí de poner en duda sus métodos. Y tampoco podía quitarme de la cabeza las palabras del Caballero Galáctico, de mi abuelo y de mi papá.

—Cariño, levántate, es hora de comer.

Era mi mamá, agitando suavemente mi hombro. ¿A qué hora me quedé dormido? Al menos no estaba en una mala posición y no me torcí. Para mi mala suerte no había sobrado suflé (condenado Tetsuya) y tuve que conformarme con una pechuga asada y verduras cocidas.

—No puedo más, me voy a la arena —anuncié a mis papás—. Si sigo aquí me voy a poner muy ansioso.

—Ya lo estás, hijo —respondió el tierno Exterminador.

—Adelántate, allá te vemos —aseguró mi mamá.

—¿Algún tip que quieras darme sobre Golden Fire, papá?

—Profesionalismo ante todo, hijo. Nunca le he contado a Golden de tus puntos flacos; no te hablaré de los suyos.

—Pero, papá, está en juego… Hace mucho que no los veo a él ni a Karla en el gimnasio del Caballero Galáctico… Todo es muy sospechoso… Algo está planeando con su diablo de compañía… Anda, pa, dame una pista.

—Te digo que tienes que confiar en ti y ser profesional.

—Tienes razón. Si gano o pierdo, que sea a la buena, sin ventajas adicionales.

—Así me gusta, hijo.

—¿Nos abrazamos, papá?

—No seas cursi.

—No empiecen los dos —últimamente mi mamá no nos tenía mucha paciencia que digamos—. Ya estábamos superando la fase de lo dramático y lo machote, como para que recaigan.

Ambos asentimos, en silencio.

—Y no se me queden viendo así. Se me abrazan en este momento.

—Si no quiere, mamá, no es a fuerza…

—¡En este momento, dije!

Y sí, nos abrazamos. Y no estuvo mal, creo que hasta nos aguantamos un poco las lágrimas… y la risa.

—Nos vemos al rato en la arena. Te tenemos una sorpresita —dijo mi padre.

—¿Ustedes también? Con las de Golden Pecoso es suficiente.

—Ésta te va a gustar.

—¿Tiene que ver con tacos?

—Ya lo sabrás. Anda, vete, pero en taxi. Estás muy nervioso para manejar.

★

—¡Máscaras, máscaras! ¡Hay máscaras chulas! ¡Lleve la chula, llévela!

—¡Boletos que le sobren, boletos que le falten!

Pensé que si llegaba tres horas antes de la función todo estaría tranquilo afuera de la arena. ¡Para nada! No diré que las calles colapsaron por toda la gente que quería conseguir boleto, pero sí había mucho movimiento. Como siempre, me bajé del taxi unas cuadras antes de la arena. Me escondí tras un puesto de arroces para ponerme mi máscara sin que nadie me descubriera. Cuando di vuelta a la esquina, alguien me identificó:

—¡Ahí viene el Conde! ¡Ahí viene el Conde!

Y se me acercó un grupo más o menos numeroso de aficionados para pedirme autógrafos. Tenía tiempo de sobra, qué mejor manera de aprovecharlo que firmándoles a todos y tomándonos fotos.

Ya dentro de la arena, me senté en una de las bancas de los vestidores, tomé el libro de poesía para leer un rato… y me volví a quedar dormido. Fue el Chino Navarro quien me despertó.

—Qué bueno que estás relajado, pero más te vale empezar a calentar, para que no te lastimes en la lucha.

—Estoy un poco desvelado, es todo.

—Son los nervios, mi chavo. Tranquilo. Anda, ponte tu equipo y vamos al gimnasio para que te ejercites un poco, te va a ayudar.

—¿Falta mucho para que comience la función, Chino?

—Ya va la segunda lucha…

—¿Por qué nadie me dice nada? No me va a dar tiempo de prepararme. Esto es un desastre, ojalá que no sea un mal presagio…

—Calmado, chavo. Tienes tres luchas más para alistarte. Hay tiempo.

—¿En qué lucha vas?

—Ya luchamos. Mi hermano y yo arrasamos.

—¿Estuvieron en la primera? ¿Y tu jerarquía y la de tu hermano?

—Nos tomaron en cuenta para la función de aniversario: eso no lo hacen con cualquiera. Anda, no te distraigas. Cámbiate.

—Chino, ¿vas a estar en mi esquina? ¿Quieres ser mi sécond?

—Más te valía pedírmelo. Si no, te hubiera dado un buen raquetazo.

—Te creo, Chino, te creo.

—Amigos de *Gladiatores Radio y Video*, estamos en vivo y en directo desde la Arena Catedral, llevando para ustedes la función de aniversario. Y qué banquetazo nos espera.

—Ya lo creo, señor Alvin. El duelo máscara contra máscara entre Golden Fire y el Conde Alexander. Seguro va a ser un platillo luchístico de agasajo.

—En realidad, mi querido amigo Landrú, yo me refería a que Lázaro se rifó y nos trajo unos arroces bárbaros, para chuparse los dedos. Pero sí, la lucha estelar también se antoja y mucho.

—¡Deje de pensar en comida, señor Alvin! ¡Aunque sea por una vez! ¿No sabe hacer otra cosa?

—Mi querido señor Landrú, sepa usted que hay algo que siempre hago antes de comer.

—¿Se puede saber qué es?

—Desayunar.

—Amigos aficionados, mejor vamos a hacer un recuento de lo que ha sido esta función de aniversario, para aquellos que apenas se están conectando en nuestras plataformas. En la primera lucha, los Hermanos Navarro derrotaron contundentemente, en dos caídas al hilo, al Clon y al Usurpador.

—En la segunda de la noche, relevos femeniles, Peggy Sue, The Sunflower e Ileuz despacharon en tres caídas a Belladona, Lisístrata y Demoledora.

—Bronco Flores y el maestrazo de los encordados, César Ramos, pasaron sobre el Zar y el importado Little Bone Williams.

—El Caballero Danzante y el Enigma empataron en la lucha especial, mano a mano, pactada a una caída.

—Y en el duelo semifinal, en relevos atómicos, Mercenario Doom, Joshyman, el Cordobés júnior y el japonés Kenjiro impusieron su ley ante Cosmonauta, el Emisario, Rey Grillo y Johnny Balderas.

—Y llegó la hora de la verdad. El momento que todos esperábamos. Ya no hay marcha atrás. Hoy caerá una máscara, hoy conoceremos un rostro y un nombre. ¿Perderá el Conde Alexander? ¿Descubriremos la verdadera identidad de Golden Fire? Quédense con nosotros. Después de estos comerciales viene el duelo estelar: ¡máscara contra máscara! ¡Golden Fire contra el Conde Alexander! Sin empate, sin indulto. Hoy se acaba un misterio.

—No se desconecten, en un momento regresamos.

—¿Se va a comer su arroz, señor Landrú?

28

✦ PRIMERA CAÍDA ✦

¡Un aniversario más, una máscara menos!

Por Alvin
Fotos: J. Lázaro R. (ring)
y Landrú (zoom)

La Empresa Internacional de Lucha Libre celebró un año más de existencia, y la Arena Catedral fue el marco de la magna función donde se presentaron en su batalla estelar dos jóvenes que escribieron un nuevo capítulo en su rivalidad, llegando a la apuesta máxima: el duelo por las máscaras. El técnico sensación, Golden Fire, y el rudísimo Enmascarado de Terciopelo, el Conde Alexander, expusieron las incógnitas ante un local pletórico, en el que no cabía ni un alma.

Quienes hemos seguido a estos luchadores desde el inicio de sus carreras, no pudimos sino emocionarnos al verlos encabezar el cartel más importante del año. El riesgo para ambos era grande.

Una derrota podría significar el fin de sus carreras, y la victoria podría catapultarlos al estrellato absoluto. En punto de las ocho y media de la noche, las luces de la Catedral se apagaron y en sus pantallas se vio el fuego característico que da pie a la salida del temerario Golden Fire. El sensacional técnico se veía seguro de sí mismo mientras caminaba hacia el cuadrilátero, acompañado de su sécond: Rey Grillo. La música y las pantallas volvieron a apagarse, los reflectores alumbraron la puerta por donde los gladiadores hacen su presentación, sonaron los primeros acordes de "Stepping Stone", y apareció, enfundado en una fina máscara de terciopelo, el actual campeón nacional wélter, el Conde Alexander, escoltado por el Chino Navarro.

Desbordando energía y entusiasmo poco habituales en él, el Enmascarado de Terciopelo llegó al cuadrilátero y subió a las cuerdas para saludar al público. Golden Fire aprovechó esto y propinó a su rival unas fuertes patadas voladoras por la espalda, haciéndolo caer por encima de la tercera soga y hacia la tarima de protección. Ni tardo ni perezoso, Golden conectó un tremendo tope sobre el rudo, quien no se reponía de la sorpresa. En ese momento sonó el silbatazo y comenzó oficialmente la contienda. Antes de que la cuenta del réferi llegara a los veinte segundos, ambos enmascarados subieron al cuadrilátero. Golden Fire

trató de sorprender al rudo con un movimiento de cazadora y rana invertida, pero el Conde Alexander estaba bien preparado y se dejó caer, llevando al científico al toque de espaldas, que no prosperó y se quedó apenas en dos segundos.

Golden Fire buscó llevar la lucha a un estilo más aéreo, pues la velocidad y el juego de cuerdas son sus mejores armas. El Conde Alexander, por su parte, hizo gala de la rudeza que lo caracterizara en sus inicios en la arena Tres Caídas. Con fuertes castigos a la espalda y las piernas, trató de mermar la condición de su odiado rival. Por momentos, el llaveo salía a relucir. Alexander, honrando su condición de campeón, dio cátedra en esa primera caída, y después de aplicar seguidilla de suplex vela, remató la obra con la galáctica

219

(dolorosa variante del cangrejo lagunero) para anotarse la primera caída. El público estalló en júbilo tras la rendición de Golden en ese episodio, y los aficionados que apoyaban al técnico pasaron de la tristeza a la indignación, pues el de terciopelo se olvidó de cortesías y aprovechó el descanso para estrellar a Golden Fire contra los esquineros hasta en tres ocasiones, rematándolo con pasada en todo lo alto y después enviándolo fuera del cuadrilátero por encima de la tercera cuerda, en una salida de bandera.

La elegancia siempre ha estado asociada al Conde Alexander, pero la rudeza es su sello de distinción, lo que trató de demostrar en la segunda caída.

29

✦ SEGUNDA CAÍDA ✦

Tenía mucho que no me sentía así. La adrenalina me hizo salir de los vestidores con una efusividad que no siempre demuestro, pero no era para menos: no podía permitir que el público, y mucho menos Golden Fire, se dieran cuenta de que estaba muy nervioso. Siempre me lo han dicho: para ser luchador, primero hay que parecerlo. Pues para imponerme en esa lucha, primero tendría que verme como triunfador. Ganar la primera caída me dio mucha tranquilidad; podía enfrentar la segunda con un poco más de calma, consciente de que, si la perdía, tenía la tercera para reponerme. Además, después de esa racha de derrotas ante Golden, fue muy importante para mi confianza haberlo rendido con la llave de mi profesor: la galáctica. Piernas y espalda, ahí centraría mi ataque. El Chino Navarro me alentaba desde mi esquina, y la gente enfureció cuando me puse a castigar a Golden en el descanso. No quise abusar para que no me descalificaran, y lo mandé hacia afuera del ring antes de que el réferi pudiera amonestarme. Me bajé del cuadrilátero y me paseé,

cínico, entre la primera fila. Clarito escuché cómo un aficionado le decía a su acompañante:

—El que gana la primera caída, casi siempre pierde la lucha.

Qué afán de la gente de querer acabar con la moral de uno. Regresé a mi esquina. El Chino me dio un par de indicaciones y prometió que, si salía vencedor, me regalaría un libro de poesía y me invitaría a cenar. Sonó el silbatazo que anunciaba la segunda caída.

#◎#◎

—Amigos aficionados, regresamos a la transmisión de *Gladiatores Radio y Video* para la segunda caída. Golden Fire está en desventaja. El Conde Alexander volvió a ser el rudo que conocimos y se impuso sin muchos problemas en el rollo inicial. Señor Landrú, si el técnico no logra reaccionar en esta segunda caída, su máscara tiene los minutos contados.

—Así es, señor Alvin. Creo que Golden Fire cometió un error al tratar de sorprender al de terciopelo empleando sus dotes aéreos desde el principio. Debería administrar mejor su aire, responderle al tú por tú en el terreno a ras de lona, para irlo minando no sólo en lo físico, sino también en lo psicológico. El Conde sabe perfectamente que es superior a la hora del llaveo y el contrallaveo; si Golden le responde por ese camino, como ya ha demostrado que sabe hacerlo, lo haría sentirse inseguro.

—Me gusta su análisis, mi estimado amigo Landrú. No en balde Lázaro siempre se ha referido a usted como...

—No empiece a ventilar mis apodos, señor Alvin, que yo no voy de chismoso con los que le hemos puesto a usted.

—Mejor así dejémoslo, señor. Ya sonó el silbatazo y empezó la segunda caída. ¿Le importaría describir las acciones? Me espera mi arroz.

—Usted no tiene remedio, señor Alvin. Seré yo quien le diga a la gente que Golden está atacando con una seguidilla de topes al pecho, combinada con tijeras voladoras. El técnico salió a tambor batiente, no quiere que el Conde vuelva a afincarse en el enlonado. Ahora lo manda hacia afuera con patadas voladoras, y ahí va Golden, toma impulso ¡y se proyecta con tope entre segunda y tercera!

223

—¡Vaya vuelo que nos acaba de regalar el maravilloso técnico! Impactó al Conde Alexander en pleno plexo solar y lo proyectó hasta la segunda fila. El réferi sigue con el conteo de los veinte segundos que marca el reglamento, pero antes de que termine la cuenta fatídica ambos regresan al ring. Golden Fire ataca con huracarrana, cuenta el réferi, pero sólo llega a dos palmadas. El Conde Alexander alcanzó a romper justo a tiempo.

—El de terciopelo se incorpora y toma el brazo de su rival. Castiga con martillo y presa de muñeca, pero Golden Fire se zafa con un giro hacia el frente y aprovechando el impulso proyecta con látigo al rudo. Ahora lo lleva al juego de cuerdas y lo remata con patadas voladoras. Nuevamente el Conde cae fuera del enlonado. Golden está subiendo a la tercera cuerda ¡y desde ahí se lanza con una imponente plancha!

—¡Tremendo vuelo de Golden Fire, señoras y señores! Alexander se ve seminoqueado; la verdad es que aún no comprendemos cómo logró regresar al ring antes de la cuenta de los veinte segundos.

—Señor Alvin, perdone que lo interrumpa, pero creo que Golden Fire acaba de golpear la cabeza del Conde con un objeto prohibido.

—¿Está usted seguro? El réferi no ha descalificado al técnico. ¿No fue un golpe legal?

—El réferi no se dio cuenta, pero a mí no me cabe ninguna duda. Golden sacó un objeto con el cual golpeó la cabeza del rudo de terciopelo, y después lo escondió bajo sus mallas. Mire nada más al Conde, está prácticamente noqueado. El del fuego de oro está aprovechando para aplicarle un volantín. Oiga nada más a la gente gritar. Teníamos años de no ver esa llave. De seguro se la aprendió al Exterminador.

—¡Se rindió! ¡El Conde Alexander se rindió! Esta lucha está empatada, y todo se definirá en la tercera caída.

—El Enmascarado de Terciopelo se ve en muy malas condiciones, amigos. Esto no pinta nada bien para el rudo.

30

✦ TERCERA CAÍDA ✦

—No pierdas la concentración. Es todo o nada. Acuérdate, la máscara está en juego —el Chino Navarro trataba de regresarme a la realidad.

—Chino, ¿hay tiendita en los vestidores?

—¿Qué?

—Para comprar algo que me hidrate antes de que empiece la lucha.

—¡Pero si ya va a comenzar la tercera caída!

—¿Quién va ganando?

—Ese golpe en la cabeza te dejó peor de como estabas.

—No exageres, Chino, no tengo nada en la cabeza.

—Eso ya lo sabía.

—Oye, ¿te gusta el teatro del Siglo de Oro? Sé de un lugar donde ponen buenas obras.

—¡Olvídate del Siglo de Oro! Ya se va a acabar el descanso. Además, Chacho es el que va al teatro; yo soy más de poesía y cine.

Se podría decir que el Chino estaba ligeramente nervioso. Él había visto clarito cómo Golden me golpeó con algo, mientras el réferi estaba distraído discutiendo con

Rey Grillo. Mi amigo se acercó al sécond de mi rival y le dijo unas palabras. El réferi amonestó al Chino y lo mandó de regreso a mi esquina. Mientras tanto, yo jalaba aire y fijaba la vista en un punto para cerciorarme de que no se me hubiera nublado con el trancazo que me dio el tramposo de oro. Claro que estaba nervioso, no crean que soy un insensible. (¡Ja!) Pero también me encontraba adolorido y cansado. Mi cabeza estaba en blanco y al mismo tiempo era un torbellino. De modo que esa era la sorpresita de Golden Fire. Golpearme con un objeto prohibido. ¿El flameadito trataba de jugar al rudo? Pues si sus trampas me tumbaban, el orgullo me levantaría.

Sonó el silbatazo y salí decidido a morirme en la raya. Si Golden quería dejarme sin máscara, le iba a costar mucho trabajo. Todo lo que sabía de lucha libre buscaba salir a flote. La rudeza y el llaveo de mi padre; las maneras de romper los castigos de Maravilla López (con todo y las malas traducciones de Tetsuya); la técnica depurada del Caballero Galáctico y el dominio de la velocidad del Cordobés; las estrategias de Vladimir. Echaría mano de todo lo que había aprendido desde el primer día que entrené lucha libre para salir con el brazo en alto, incluso de las enseñanzas que me habían dejado los enfrentamientos con Coloso Villedas, el Gran Gibbs y todos los rivales con los que me había medido hasta entonces, contando, por supuesto, a esta maldita lagartija que me había salido tan difícil.

Después del golpe ilegal, tenía claro que Golden Fire no sólo quería arrebatarme la máscara: buscaba humillarme.

¿Ese había sido el plan de Karla desde el principio? No honraba los principios del deportivismo. ¿O eran las negras intenciones del Pecas, que nunca superó aquella quebradora y que yo fuera más bonito y simpático que él en la escuela?

Golden me llevó a la lona con yegua voladora y trató de romperme la máscara. Me retorcí como nunca, pero no pude evitar que la rasgara. Eso ya era el colmo. Se trataba de mi máscara favorita y ese pecoso de lo peor me la había arruinado. Lo hice fallar un codazo y aproveché para derribarlo. No tocaría su máscara, la quería entera para que luciera en mi vitrina. Claro que el resto no me importaba, así que lo tomé de la nuca y, antes de que pudiera reaccionar, le desgarré el uniforme. Lo más curioso era que Golden parecía gozarlo, y él mismo terminó por romper su butarga. Al ver que le quedaba el pecho al descubierto, le propiné tres raquetazos, de esos como Dios manda, y lo dejé todo rojo. No le di respiro y de inmediato le apliqué un tirabuzón y le encajé el codo en las costillas, para que le doliera un poco más. Pero ocurrió algo que no me esperaba: Golden Fire comenzó a girar poco a poco, hasta que rompió la llave, y él mismo me aplicó su particular versión del tirabuzón y luego me jaló la pierna para convertirla en una esvástica. Para mi buena fortuna, el sudor causado por el calor de la batalla hizo que me resbalara de su cuerpo y se rompiera la llave. Lo confieso, estuve a punto de rendirme. No podía darme el lujo de permitir que me atrapara de nuevo con esa llave.

No sé de dónde, Golden tomó un segundo aire y empezó a utilizar sus juegos de cuerdas, tijeras, látigos. La velocidad siempre ha sido su fuerte y trató de marearme con ella, hasta que lo hice fallar un lance y él solito acabó debajo del encordado.

"¿Querías dar sorpresas, doradito de fuego? A ver qué te parece mi tope", y tomé impulso y le volé hacia fuera del ring, por encima de la tercera cuerda. Di en el blanco y casi podría jurar que lo noqueé.

El réferi empezó el conteo de los veinte segundos. Como pudimos, ambos regresamos al cuadrilátero. Yo ya estaba de pie, listo para mi siguiente maniobra, cuando Golden se tiró a la lona y comenzó a revolverse de manera un poco rara.

—¡No lo dejes, síguelo! —me gritaba el Chino arriba de la ceja del ring, y para mi asombro, el réferi fue nuevamente a la esquina para regañar a mi sécond.

Esa distracción fue muy bien aprovechada por Golden Fire, que me dio la gran sorpresa. No se había tumbado en la lona sólo para hacer tiempo. ¡Lo hizo para cambiarse la máscara! ¡De debajo de sus mallas sacó una capucha del Conde Alexander y se la puso! La gente no entendía nada, y fue peor cuando Golden se abalanzó sobre el réferi y comenzó a pegarle, al tiempo que acercaba la cara a la suya, para que el impartidor de justicia viera mi máscara mientras era agredido. Después de unos instantes, Golden aventó al réferi afuera del ring y volvió a tumbarse en la lona para quitarse mi máscara y ponerse la suya.

Traté de no distraerme con lo que acababa de ver y atrapé con una perfecta huracarrana al tecniquillo ese, pero no había quien contara los tres segundos y Golden se zafó. Seguí atacando y lo tomé del brazo, lo proyecté contra las cuerdas, lo recibí con una quebradora y no lo solté. Vi cómo el réferi subía al ring y apreté más la llave. El árbitro agitó los brazos, en señal de "se acabó". Solté a Golden Fire y, todo emocionado, subí a las cuerdas para festejar. Cuál no sería mi sorpresa al ver al nazareno alzándole el brazo al tramposo chapulín.

—¡Usted no puede golpearme, señor! —me gritó el réferi—. Está descalificado.

¡No podía creerlo! ¡Era un robo! ¡Acababa de perder la máscara!

31

 PUEDO HACERTE LAS LLAVES MÁS DURAS

—¡Esto es increíble, señoras y señores! ¡En todos mis años de cronista de lucha libre, nunca había visto algo así! ¡Vaya manera de terminar este encuentro de máscara contra máscara! Nadie creía que Golden Fire y el Conde Alexander estuvieran listos para encabezar la función de aniversario de la Arena Catedral, pero la Empresa Internacional de Lucha Libre confió en estos novatos y ellos dieron un gran combate.

—Estoy de acuerdo con usted, señor Alvin, pero ese final fue insólito. Mire nada más a los aficionados, no lo pueden creer. Hasta están pidiendo que indulten al derrotado.

—Y no los culpo. Pero la decisión del réferi ya está dada, mi querido señor Landrú. Nunca pensé que vería o que transmitiríamos algo así en *Gladiatores Radio y Video*.

—Así es. Ni más ni menos, la lucha en que cae la máscara del Conde Alexander. Pero hay que decir las cosas como son: ¡esto es un robo descarado!

¡Oiga nomás a la gente, indignada con esta trampa de Golden Fire! ¡El público está furioso!

—El Chino Navarro subió para discutir con el réferi, mientras que el Conde está desolado en una esquina, no puede creer lo que acaba de suceder. Golden Fire celebra, pero parece que es el único. Toda la gente se le ha volteado después de ver la trampa tan vil que hizo; incluso su sécond, Rey Grillo, se está yendo a los vestidores. Ahora el Conde Alexander reclama, y tiene toda la razón en hacerlo, pero el réferi se mantiene firme en su decisión.

—Un momento. Ahí viene el comisionado y no se ve nada contento; hasta dejó a un lado su bolsa de pepitas. Ha hecho unas señas y ya le acercaron un micrófono. Vamos a escuchar sus palabras.

—Señores, el réferi le dio la victoria por descalificación a Golden Fire, pero no vio la trampa tan sucia que este señor hizo, por lo que yo, en mi carácter de representante de la Comisión de Lucha Libre, ordeno que el resultado se anule y haya una cuarta caída.

—¡Lo veo y no lo creo, señor Alvin! ¡Se está haciendo justicia! Todos los aficionados están felices.

—Todos, menos Golden Fire, señor Landrú, mire nada más el berrinche que está haciendo.

—Pues que haga todo el coraje que quiera; ya está dada la orden y acaba de sonar el silbatazo para una cuarta y definitiva caída. Esperemos que Lázaro tenga pila suficiente en la cámara.

#◎#◎

"Relájate, Conde. Te hicieron justicia, ahora te toca a ti aprovechar esta vida extra." No podía creerlo. Ya me imaginaba despojado de mi hermosa máscara por culpa de una trampa, pero el comisionado finalmente decidió ejercer su autoridad y anular la decisión. Golden estaba furioso, ya se sentía triunfador, y ahora tenía que hacerme frente sin más trucos sucios. Bueno, eso es un decir. Me agarró con un candado a la cabeza y comenzó a murmurarme unas hermosas y tiernas frases:

—¡Maldito Superpants Júnior! ¡Te voy a hacer chillar como antes! ¡Tu papá no sabe entrenar luchadores de verdad! ¡Tus versitos son la cosa más aburrida del mundo!

Me encantaba escucharlo así, sabía que había perdido el control de sí mismo y tenía que aprovechar eso. Rompí el candado y lo mandé a las cuerdas para recibirlo de rodillas y aplicarle una pasada. Me incorporé y lo sujeté de las piernas con la cruceta del Enfermero, pero el condenado quedó muy cerca de las cuerdas y las agarró. El réferi me ordenó romper el castigo.

No le di chance a Golden de atacar; como seguía en el suelo, le hice una tapatía, pero su peso me venció y ambos quedamos con la espalda sobre la lona. El réferi empezó a contar, pero los dos nos zafamos antes de la tercera palmada. ¡Qué susto! Un empate y ambos hubiéramos perdido la máscara. Golden se incorporó y me lanzó un tope al pecho; me levanté y de inmediato me hizo unas tijeras voladoras y fui a dar afuera del ring. La lagartija tramposa tomó vuelo y me aventó un tope. Me impactó en el pecho y me proyectó muy cerca de donde estaban los aficionados. El Chino Navarro se acercó y me echó aire con la toalla; cuando la cuenta del réferi llegó a catorce, me puse de pie y subí al ring; quedé de rodillas en el centro del cuadrilátero, y de repente sentí un jalón en el mentón y dolor en la espalda. Mi condenado rival sacó partido de mi distracción y me atrapó con una cavernaria. El dolor era casi insoportable; tenía que resistir, pero era muy difícil.

—¡Habla, Conde! ¿Te rindes?

—¡Nooo!

Y el muy malvado apretó más. La gente en la arena gritaba. Podía jurar que coreaban mi nombre. ¿Era cierto? ¿No querían que perdiera? Como pude, me llevé las manos a la barbilla y sujeté las suyas; haciendo fuerza, las separé y las aparté de mi cabeza. ¡Rompí la llave! Clarito escuché el grito de frustración de Golden Fire. Rodé hacia las cuerdas y con trabajos me puse de pie. El réferi se acercó para preguntarme si podía continuar, pero no le hice caso.

—Contéstame, ¿puedes seguir?

No quería ser grosero con el réferi, pero había visto cómo Golden Fire sacaba otra vez de sus mallas el objeto con el que me había pegado en la segunda caída. Ahora no me tomaría desprevenido. Aproveché su propio impulso, lo atrapé del brazo y lo llevé a la lona; antes de que pudiera reaccionar, cambié el amarre con una tijera, un giro y una palanca, y comencé a apretar. Golden Fire, te presento la cordobesa.

—¡Habla, Golden!

—¡…!

—¡Habla, Golden!

Y como el muy maleducado no decía nada, lo apreté todavía más. Golden Fire gritó:

—¡Ya, ya, ya; bueno, bueno, bueno!

Y el réferi brincó, exclamando:

—¡Se acabó!

¡Había ganado! ¡Lo hice!

El público estalló en júbilo, hasta salieron chispas de los postes del cuadrilátero. El réferi tocó mi hombro.

—Ya suéltalo, se rindió.

Y ahora sí, lo obedecí y me enderecé. De inmediato sentí que alguien me arrollaba. Era el Chino Navarro, abrazándome. El réferi tomó mi brazo y lo alzó, confirmando mi triunfo. Golden se retorcía de dolor en la lona, se sujetaba el hombro. Mientras el médico de la arena lo revisaba, el anunciador se le acercó y le pidió sus datos. Yo me sentía mareado, confundido, eufórico. Y sí, lloraba de la emoción, a la vez que el Chino me abrazaba y me decía:

—Lo lograste, amigo. Felicidades.

Juraría que en la primera fila vi a mis padres, abrazándose orgullosos. El anunciador, entretanto, hacía su trabajo.

—Respetable público, su atención, por favor. Golden Fire dice llamarse Daniel Mejía Sandoval; con veintidós años de edad y dos años como luchador profesional. Repito, Golden Fire dice llamarse…

Y en uno de sus actos típicos, mi contrincante se quitó la máscara, me la aventó y se fue furioso a los vestidores, cubriéndose la cabeza con una toalla, mientras la gente lo abucheaba. Recogí la máscara de la lona, el Chino Navarro me subió en sus hombros y yo alcé la capucha. Les juro que nunca se me va a olvidar la ovación que me dieron en ese momento.

32

En cuanto entré a la antesala de los vestidores sentí cómo la energía se me iba y me hinqué unos momentos en el piso. El Chino Navarro pidió a los reporteros que me dieran algo de espacio, hasta que poco a poco recuperé el aliento y pude levantarme. Flashes de cámaras, micrófonos que aparecían y desaparecían. Una pregunta tras otra. Y más flashes y más micrófonos. Decir que me encontraba aturdido es poco, pero de todos modos estaba feliz. Había salvado mi incógnita y desenmascarado a mi odiado rival.

Terminé la última entrevista y me encaminé a los vestidores, donde me esperaban mis compañeros rudos, quienes me aplaudieron y, uno a uno, me dieron un abrazo. Uno de ellos dijo que, según la tradición, tenía que dispararles algo de tomar a todos, pero otro lo corrigió:

—No, babas, eso es cuando se gana un campeonato.

—Pero esa vez no le dijimos nada.

—Te digo que a veces eres algo bruto.

—Es que tú no me comprendes…

Y se alejaron discutiendo. Los Hermanos Navarro fueron los últimos en salir del vestidor, no sin antes invitarme a comer a su casa el siguiente fin de semana, para celebrar. Una vez a solas, empecé a desamarrar mis muñequeras y botas; quería darme un buen baño y relajarme, pero en eso escuché una voz.

—Felicidades, hijo. Estoy orgulloso de ti.

Era el mismísimo Exterminador en persona, y se veía muy emocionado.

—¿Qué haces aquí, papá?

—Trabajo para la empresa, tengo derecho a entrar a los vestidores.

—¿Y mi mamá?

—Imagínate, no cabe de la emoción. Ándale, báñate, tenemos que ir a festejar. Y mañana, a las cinco de la madrugada, vamos a correr y luego a desayunar al mercado.

—¿No podría ser un poquito más tarde? Por la noche me toca ir a Puebla y quisiera reponerme un poco.

—Está bien, a las cinco y media.

"Este hombre nunca va a cambiar."

Ya cuando iba de salida, lo llamé.

—Espera, papá. Toma, quiero que tú la conserves —y le extendí la máscara de Golden Fire.

—No, hijo, tú la ganaste. Ya es hora de que tengas tu propia vitrina.

—Entonces toma ésta —dije, quitándome mi máscara—. Está rota por culpa del baboso ese, pero no mucho.

—Tal vez pueda arreglarla… —se quedó callado, nomás le daba vueltas y vueltas a la capucha—. Oye, ésta se
me hace conocida.

—Más te vale, papá. Tú la hiciste. ¿Creías que no usa-
ría una máscara hecha por ti en la lucha más importante
de mi carrera?

Mi papá no dijo nada, sólo me abrazó.

—Date prisa para que vayamos a cenar.

Y se alejó diciendo:

—Guácala, a ver si no me echó a perder estos pants
con su sudor.

Cuarenta minutos después estaba bañado, cambiado y en el estacionamiento de la arena. En cuanto me vieron, mi familia comenzó a aplaudir y a echar porras. Además de mis padres y mi tía estaban mi abuelo, Tetsuya, el Caballero Galáctico ¡y Vladimir!

—Te dije que te teníamos una sorpresa —señaló mi madre—. Convencí a su mamá de que lo dejara acompañarte hoy.

Abracé al chaparro y lo alcé.

—¿Qué te pareció la lucha, amigo? ¿Viste cómo me zafé de su cavernaria? ¿Qué se siente venir a la arena? Oye, Vladimir, ¿por qué estás todo pegajoso?

—No me digan nada, no quiero hablar.

—¿Qué pasó?

Mi abuelo fue quien explicó:

—Como Vladimir ser chaparrito, no poder ver bien porque todos taparle. Tetsuya alzarlo sobre hombros para que pudiera ver lucha, pero la gente enojarse y aventarle refrescos y no sé cuántas cosas para que sentarse y no estorbar.

—¡Ahí va el agua, gritarle todos! —agregó Tetsuya, entre carcajadas.

—¡No le veo la gracia! —lo interrumpió mi petit máster.

—No te preocupes, amigo —lo consolé—. Cuando crezcas un poco, te van a dejar sentarte en las primeras filas.

—No sé si mi mamá me dejará venir otra vez, después de cómo terminé.

—Es de entenderse —respondió Tetsuya—, manchas de refresco y de salsa no salir tan fácil con agua y jabón, tendrán que pagar tintorería —y volvió a carcajearse.

—¡No le veo la gracia!

EPÍLOGO
(O ESTO NO SE ACABA HASTA QUE SE ACABA)

Dos días después de la gran lucha, fui al gimnasio del Caballero Galáctico para pagarle algunas mensualidades por adelantado. Ahí estaba Vladimir, un poco menos enojado por el baño que había recibido en la arena.

—Lo que más me gustó fueron las llaves con las que ganaste tus caídas. ¿Las inventaste en ese momento?

—Eran la galáctica y la cordobesa, Vladimir. Tenías razón, era importante que recordara lo que he aprendido con mis demás maestros, y ésas me las enseñaron el Cordobés y tu tío en mis primeros entrenamientos.

—¿Y porqué nunca las habías usado?

—No las había necesitado antes.

—Hola, lagrimita; hola, Vladi bonito.

"¿Hasta cuándo va a dejar de ser tan silenciosa esta criatura maléfica?"

—Buenas tardes, Karla —le respondí—. Supongo que vas a poner a entrenar a tu alumnito. Adelante, nosotros hoy no vamos a usar el ring.

—La verdad, vine a disculparme con ustedes. Yo no le dije a Golden que engañara al réferi ni que te diera un golpe ilegal en la cabeza. No se vale que te haya hecho eso. Es importante ganar, pero no así.

—Pero dijiste que nos tenías una sorpresa —contestó, asombrado, Vladimir.

—Era sólo un truco para ponerlos nerviosos. Ya sabes, tortura psicológica. ¿Entonces me perdonan?

—Sí, Karla, te disculpo —le dije—. Pero a tu alumno, no sé.

—Ex alumno. Le dije que no voy a volver a entrenarlo. Una cosa es que te hayamos engañado con lo del Silencioso, y otra las trampas que te hizo. Bueno, nos vemos, me voy a mi casa. Mi mamá horneó un pastel.

—Ándale, Vladimir, dile algo —traté de animar a mi callado amigo.

—Eh, Karla… ¿Quieres ir al cine mañana?

—Ay, Vladi… Me encantaría…

"Ya la hiciste, amigo."

—… Pero no puedo. Ahora que se sabe que no entreno a Golden Fire, me han llegado un montón de solicitudes de luchadores que quieren que los ayude a mejorar. Tal vez tenga un día libre dentro de unos nueve meses, querido. Si no me sale ningún compromiso, te aviso para que vayamos por otro helado. Chau. Y abrígate, porque al rato va a llover.

Y salió.

—No debo…

—Vladimir, está bien si quieres llorar. Necesitas desahogarte. No hay nada de malo en ello.

—Ya sé, mi mamá me lo explicó la otra vez. Iba a decir que no debo confiarme, seguro alguno de sus alumnos te buscará para retarte dentro de poco. Tengo que empezar a trabajar en las estrategias. Desde mañana practicaremos una nueva rutina de ejercicios.

"Este niño no me da respiro."

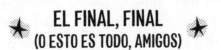

EL FINAL, FINAL
(O ESTO ES TODO, AMIGOS)

Ganar la máscara de Golden Fire le dio un tremendo impulso a mi carrera. Desde esa noche, mi nombre siempre aparece en las semifinales o en las estelares. Por si fuera poco, ahora soy el rudo consentido y la gente me festeja todo lo que hago en el ring. Sí, hay alguno que otro que todavía me odia, pero ya no es como antes (creo que sólo me detesta la señora de Puebla, que me sigue escupiendo cada vez que llego a la arena).

A Golden Fire, en cambio, le está yendo fatal. Para empezar, la empresa no le permitió seguir entrenando en ninguno de sus grupos, así que ahora anda de gimnasio en gimnasio; creo que convenció al Atómico de que lo aceptara de nuevo. Además, a la gente no le gustó que intentara ganarme con trampas, y desde entonces se lleva un montón de abucheos en todas las arenas donde se presenta; los promotores, incluso, ya no lo ponen a luchar tan seguido. Para colmo, al día siguiente de que perdió la incógnita, su cara apareció en todas las revistas y su novia arpista lo reconoció. Como el papanatas no le dijo la verdad cuando ella le preguntó a qué se dedicaba (¡el muy bruto le inventó que era consejero del presidente!), se enojó tanto que cortó con él. De cualquier modo, ese noviazgo no tenía mucho futuro, porque a la chica la contrataron para dar clases en Uruguay y se fue a vivir allá. Unos días antes de su viaje, se presentó en la escuela para despedirse de mi tía y de sus alumnos, y dio la casualidad de que yo me había dado una vuelta para saludar, de modo que nos topamos en el patio (menos mal que ya había acabado el recreo y estábamos solos).

—Se ve que ya te empieza a hacer efecto el gimnasio. A lo mejor un día te salen músculos.

—Si tú lo dices. Lástima que no siempre pude ir a tus clases, espero que me disculpes.

—Olvídalo. Además, no aprendías nada. Es mejor que sólo oigas arpa en discos o videos, por el bien de la música. En fin, cuídate mucho... Y felicidades por haberle ganado la máscara a Golden Fire. Supongo que eso te va a hacer más popular con los niños.

—Creo que me confundes con alguien más.

—No te hagas. ¿A poco crees que no te reconocí la voz desde la primera vez?

Ya no le contesté nada, simplemente le deseé buen viaje, la abracé y le dije que le escribiría de vez en cuando (ella prometió que me mandaría su correo electrónico).

Quien sí empezó a salir con alguien fue el Caballero Galáctico. De tanto ir al doctor, conoció a una enfermera que lo encontró simpático y una noche lo invitó a tomar un café, y ahora se ven cada tercer día. En realidad se ven a diario, pero martes y jueves es porque él va al consultorio a que lo revise el médico, y los otros tres días van a cenar y al cine cuando ella acaba su jornada. Y no le digan que yo les conté, pero como que ya no le duele todo ni se encuentra manchas raras (al menos no muy seguido). Al que no le va tan bien, en cambio, es al psicólogo que me atendía. El pobre cree que está enfermo de todo y ya no puede dar tantas consultas como antes. La otra vez me marcó llorando a mi celular, y tuve que calmarlo durante casi dos horas.

Otra que está muy contenta es mi tía. El recital que organizó le gustó tanto a la directora de la escuela que le encargó armar un ciclo de cine para que los chamacos se familiaricen con más artes. Ya se imaginarán, si antes iba muy seguido a la casa, ahora está todos los días con nosotros. Y no crean que se la pasa peleando con mi papá (bueno, un poquito sí), ya hasta se llevan mejor. De hecho, la otra vez jugaron Scrabble e invitaron al Caballero Galáctico, ¡y mi tía quedó en último lugar! El Caballero hizo muchos puntos con nombres de antibióticos y enfermedades, y mi papá puso varios nombres de llaves y luchadores.

Mi mamá sigue con su trabajo en la revista. Ella es muy modesta y no quiere que les platique, pero estas cosas se presumen: la semana pasada le hicieron un homenaje en la entrega de premios a lo mejor del cine, por todos sus años en la crítica, y le aplaudieron como diez minutos cuando le entregaron su estatuilla y su diploma. Al día siguiente publicó su nueva crítica, en la que destrozó la cinta que ganó el premio a la mejor película. ¡No cambia!

¿Leonor? Ella sigue de novia con el primo de Karla y está muy contenta, pero la otra vez la oí decir que Vladimir es la mejor pareja de baile que ha tenido. No sé, a lo mejor en el futuro podría… Ah, no me hagan caso. Ya ven que en estas cosas del corazón es mejor no imaginar nada, porque luego nos llevamos cada sorpresita.

Mi petit máster está muy concentrado en desarrollar una nueva rutina de ejercicios para mí. Dice que me va a grabar en el gimnasio para hacer tutoriales, y que con suerte hasta me convertirá en influencer. (Sepa la bola qué quiso decir.) En la escuela le va bien; a veces se le olvida que al día siguiente no es fin de semana y tiene que hacer la tarea a las carreras en las noches, pero sigue siendo buen alumno. La única materia que reprobó fue un taller optativo de plomería. No ha vuelto a la arena, pero ya creció un par de centímetros, así que a este ritmo, dentro de unos seis años podrá sentarse sin que lo tapen los de las filas de adelante.

Otro al que le está yendo muy bien es a Maravilla López. Desde que recordó el español puede dar clases de lucha sin preocuparse de que nadie le entienda, y consiguió trabajo en la arena Tres Caídas, donde se encarga de preparar a los novatos. Además, en las noches vende sushi afuera de su casa… No lo prepara él (le sigue quedando horrible), sino Tetsuya. Y hablando de Tetsuya, él decidió quedarse a vivir en México, dice que se encariñó con los tacos, sopes y tamales (y con nosotros, aunque no quiera reconocerlo), y está capacitándose para convertirse en conductor del metro. Si todo sale bien, en un par de años le darán su licencia. Sigue viviendo con mi abuelo.

Karla no ha dejado de entrenar a sus alumnos. Ninguno ha debutado, pero cada semana ella camina frente al gimnasio del Caballero Galáctico y me echa sus miradas matadoras, como diciéndome: "Te tengo una sorpresita". Yo, por si las dudas, entreno sin descanso para estar bien preparado.

Y hablando de estar bien preparado, ya me tengo que ir a la Arena Catedral, tengo una sesión de fotos para *Gladiatores*. Además, hoy en la noche hago equipo con los Hermanos Navarro, vamos a luchar por el campeonato mundial de tríos, y ya quedamos que, ganemos o perdamos, nos vamos a inscribir en un taller de pintura para aprovechar los pocos días que tengamos libres. A lo mejor un día montamos una exposición. ¿Se imagina, señorita editora? Podría publicar un libro con nuestros mejores cuadros…

¿Señorita editora? ¿Señorita editora?

Shhhh, no hagan ruido. Ya se está echando una de sus siestas en pleno suelo de su oficina. Un favor, cuando despierte, díganle que le agradezco muchísimo que haya confiado en mí y publicado mis aventuras, y que espero que su jefe ya me haya perdonado por la vez que fui a la editorial a firmar el contrato y me emocioné tanto que le enseñé de una manera muy práctica cómo se hacen la quebradora y las patadas voladoras.

FIN

Diego Mejía Eguiluz no recuerda cuándo nació, pues era un bebé. Ha sido periodista deportivo, asistente de producción tanto en teatro como en televisión, guionista de un programa cómico, comentarista radiofónico de lucha libre y desde hace veinte años se dedica a la edición de libros infantiles y para adolescentes. Ha escrito de lucha libre para las revistas *Box y Lucha* y *The Gladiatores*. Es autor del libro infantil *Una aventura patológica*, publicado en México y en Uruguay.

El Enmascarado de Terciopelo 3 de Diego Mejía Eguiluz
se terminó de imprimir en marzo de 2019
en los talleres de
Litográfica Ingramex, S.A. de C.V.
Centeno 162-1, Col. Granjas Esmeralda, C.P. 09810
Ciudad de México.